Sławomir Mrożek

Das Leben für Anfänger

Ein zeitloses ABC
Mit Zeichnungen von Chaval

Herausgegeben von Daniel Keel und Daniel Kampa

Mit einem Nachwort von Jan Sidney

Diogenes

Nachweis am Schluß des Bandes
Umschlagzeichnung von Chaval

www.diogenes.ch
100/04/44/1
ISBN 3 257 06453 5

Inhalt

Die Revolution

In meinem Zimmer stand das Bett hier, der Schrank dort und der Tisch dazwischen.

Bis mir das langweilig wurde. Ich rückte das Bett dorthin und den Schrank hierher.

Eine Weile spürte ich die belebende Strömung des Neuen. Doch nach geraumer Zeit – wieder Langeweile.

Ich gelangte zu dem Schluß, die Quelle der Langeweile sei der Tisch oder vielmehr seine unveränderte mittlere Stellung.

Darum schob ich den Tisch dorthin und das Bett in die Mitte. Nonkonformistisch.

Das erneute Neue belebte mich von neuem, und solange das andauerte, war ich zufrie-

den mit der nonkonformistischen Unbequemlichkeit, die es zur Folge hatte. Ich konnte jetzt nämlich nicht mehr mit dem Gesicht zur Wand schlafen, was stets meine bevorzugte Lage gewesen war.

Doch nach einer Weile hörte das Neue auf, neu zu sein, nur die Unbequemlichkeit blieb übrig. Deshalb verschob ich das Bett hierhin und den Schrank in die Mitte.

Endlich eine radikale Änderung. Denn der Schrank mitten im Zimmer, das war mehr als nonkonformistisch. Geradezu avantgardistisch.

Aber nach einiger Zeit... Ach, gäb's nur nicht dieses ›nach einiger Zeit‹! Kurz und gut, auch der Schrank mitten im Zimmer hörte für mich auf, etwas Neues und Ungewöhnliches zu sein.

Man mußte einen Durchbruch erzielen, einen Grundsatzentschluß fassen. Wenn im gegebenen Rahmen keine echte Veränderung möglich ist, muß man ganz aus dem Rahmen treten. Wenn das Nonkonformistische nicht genügt, wenn das Avantgardistische erfolglos ist, muß man zur Revolution schreiten.

Ich beschloß, im Schrank zu schlafen. Jeder, der einmal versucht hat, stehend im Schrank zu schlafen, weiß, daß man in dieser unbequemen Lage überhaupt nicht einschlafen kann, gar nicht zu reden vom Kribbeln in den Füßen und von den Schmerzen im Rücken.

Ja, das war der richtige Entschluß. Der Erfolg, der volle Sieg. Denn diesmal trat der bekannte Effekt auch ›nach einiger Zeit‹ nicht ein. Ich gewöhnte mich nach einiger Zeit nicht nur nicht an die Veränderung, die Veränderung blieb Veränderung, ich empfand die Veränderung im Gegenteil immer stärker, weil die Schmerzen mit dem Ablauf der Zeit stärker wurden.

Alles wäre somit vorzüglich gewesen, hätte sich meine psychische Durchhaltekraft nicht als begrenzt erwiesen. Eines Nachts hielt ich es nicht mehr aus. Ich verließ den Schrank und legte mich ins Bett.

Ich schlief dreimal rund um die Uhr. Darauf schob ich den Schrank an die Wand und den Tisch in die Mitte, denn der Schrank mitten im Zimmer störte mich.

Jetzt steht das Bett wieder hier, der Schrank wieder dort und der Tisch dazwischen. Wenn mir Langeweile zusetzt, erinnere ich mich der Zeiten, als ich ein Revolutionär war.

Tee oder Kaffee

»Tee oder Kaffee?« fragte die Dame des Hauses.

Ich mag das eine wie das andere, und hier befahlen sie mir auszuwählen. Das hieß, sie geizten entweder mit Kaffee oder mit Tee.

Ich bin gut erzogen, also ließ ich mir nicht anmerken, daß ich einen derartigen Geiz verabscheue. Ich war gerade mitten im Gespräch mit dem Professor, meinem Tischnachbarn, den ich von der Überlegenheit des Idealismus dem Materialismus gegenüber überzeugte, und tat so, als hätte ich die Frage nicht gehört.

»Tee«, sagte der Professor, ohne zu zögern. Natürlich, dieses Mistvieh war ein Materialist und drängelte sich gleich an den Freßtrog.

»Und Sie?« wandte sie sich an mich.

»Entschuldigung, ich muß mal raus.«

Ich legte die Serviette hin und ging zur Toilette. Ich mußte überhaupt nicht, aber ich wollte überlegen und Zeit gewinnen.

Wenn ich mich für Kaffee entscheide, dann verliere ich den Tee und umgekehrt. Wenn die Menschen frei und gleich geboren werden, dann sind es Kaffee und Tee auch. Wenn ich Tee nehme, dann fühlt sich der Kaffee zurückgesetzt und umgekehrt. Eine solche Verletzung des Naturgesetzes des Kaffees, oder auch des Tees, widersprach meinem Gerechtigkeitsgefühl als der übergeordneten Kategorie.

Ich konnte aber nicht endlos in der Toilette sitzen, sei es auch nur deshalb, weil das nicht die reine Idee einer Toilette war, sondern eine allgemeine Toilette beziehungsweise eine gewöhnliche Toilette mit Kacheln. Als ich ins Eßzimmer zurückkam, tranken bereits alle entweder Tee oder Kaffee. Mich hatte man ganz offensichtlich vergessen.

Das traf mich tief. Keinerlei Aufmerksamkeit, keinerlei Toleranz für das Individuum. Nichts kann ich sowenig leiden wie eine seelenlose Gesellschaft; ich lief also in die Küche, um die Menschenrechte einzufordern. Als ich auf dem Tisch einen Samowar mit Tee sowie eine Kaffeemaschine sah, erinnerte ich mich, daß ich das ursprüngliche Dilemma noch nicht gelöst hatte: Tee oder Kaffee, oder auch Kaffee oder Tee. Natürlich sollte man das eine oder das andere fordern, statt dem Kompromiß einer Wahl zuzustimmen. Ich bin aber nicht nur gut erzogen, sondern auch sehr zartfühlender Natur. Also sagte ich höflich zur Dame des Hauses, die in der Küche herumwirtschaftete: »Bitte halb und halb.«

Dann schrie ich: »Und ein Bier!«

Auf dem Turm

Der Herr hatte sich auf seiner Burg verschanzt. Aus dem höchsten Gemach auf dem höchsten Turm betrachtet er durch die Schießscharte seine Ländereien.

Ganz in der Ferne die Wälder. Bläulich am Horizont, werden sie erst schwarz, wenn der Blick sich näher schiebt. Dann stehen sie im Gesichtskreis als schwarze Wand.

Durch die Wälder zu gelangen ist schwierig. Es gibt dort keine Wege, und ein Angreifer könnte nicht hindurchkommen, ohne seine Belagerungsmaschinerie und seinen Troß zu verlieren. Zunächst also schützen die Wälder den Burgherren.

Vor dem Wälderkreis die grünen Auen. Doch ihr Grün ist zu grün, ein gesteigertes Grün, zu aufdringlich grün, um bei jemandem, der ihr wahres Wesen nicht kennt, Vertrauen zu wecken. Denn das sind keine Auen, sondern grundlose Moore, obenauf von echtem Grün bedeckt.

Wer die Pfade nicht kennt, versinkt in ihnen. Darum – selbst wenn die Wälder enttäuschen sollten, die Moore schützen den Burgherren.

Die Burg aber steht auf dem Berg, und der Berg ist unten mit Palisadenreihen umgeben, deren Pfähle scharf zugespitzt sind. Vor der Palisade ein tiefer, mit Wasser gefüllter Graben, ein zweiter auf der Innenseite. Zufrieden blickt der Burgherr auf diesen dreifachen ersten Verteidigungsring.

Von der Zugbrücke führt ein schmaler Weg, in den Felsen gehauen, in Windungen steil hinauf. Ganz oben sind die Burgmauern noch höher und überragen die unzugängliche Senkrechte der Felsen. Mächtige Mauern, mit Zinnen und Schießscharten, Basteien und Türmchen gekrönt, auf die der Burgherr von noch weiter oben herabblickt. Und er freut sich, daß dieser zweite Verteidigungsring ihn noch besser schützt als der erste, weil er nun schon völlig unzugänglich und unbezwingbar ist.

Er denkt sich: Sollte der Feind durch ein unbegreifliches Wunder diese Mauern überwinden, droht mir immer noch nichts, kann ich immer noch ruhig sein. Denn dann steht der Feind zu Füßen der Zitadelle, vor der inneren Burg, der Burg in der Burg, das heißt vor dem höchsten Turm, der von den übrigen Befestigungen unabhängig ist, die dicksten Mauern hat und, mit eigenen Vorräten ausgerüstet, sogar der längsten Belagerung standhält. Eindringen kann man in ihn nur einzeln, auch wenn man die schmale, aus drei Schichten Eichenholz gefertigte und eisenbeschlagene Tür einrennt; wie groß immer die Zahl der Eindringlinge sein mag, stets wird nur ein einzelner eindringen können, um sogleich von der Hand der zahlreichen Verteidiger zu sterben. Von dem geräumigen Flur aber führt wieder nur eine schmale Treppe zu den höher und noch höher gelegenen Gemächern. Es ist eine Wendeltreppe, eingefügt ins Innere der dicken Mauern, darum kann man nur frontal und einzeln aufwärts vordringen, was durch die Tatsache erschwert wird, daß die Verteidiger ihre Schläge leichter, nämlich von oben, austeilen können und die Angreifer, die dem ersten von ihnen folgen, die Verteidiger nicht einmal sehen, geschweige denn ihre Spieße und Armbrüste gebrauchen können. Listig gebaut ist das, denkt der Burgherr und fühlt sich noch mehr, beinahe schon vollkommen sicher. Er weiß, kein Feind wird ihn durch diesen dritten, stärksten, völlig senkrechten Verteidigungsring vom Himmel bis zur Erde erreichen.

Er wendet sich von der Schießscharte ab, hinter der die ferne, zum Glück so ferne Linie des Horizonts dunkelt, und blickt hinunter vor seine Füße auf die erste, zweite, dritte Stufe der abwärts führenden Treppe. Denn er steht im obersten Gemach, und vor seinen Füßen enden die Stufen, unter ihm ist im Fußboden der tiefe Schacht der Treppe. Und er denkt: Mögen selbst meine braven Soldaten sterben, hier bin ich ganz allein jedem Angreifer überlegen. Niemand wird mich hier erreichen, denn niemand wird höher gelangen als bis auf die Höhe meiner Füße.

Und sollte, sollte … ach, welch unsinnige Annahme. Sollte ich also infolge irgendeiner Unmöglichkeit je vor mir, auf gleicher Höhe mit mir eine Klinge sehen, so brauchte ich mich auch noch nicht zu fürchten. Denn ich trage eine Rüstung von solcher Widerstandsfähigkeit, daß keine Klinge hindurchdränge, und würde sie mit der allergrößten Kraft geschwungen. Ich weiß das genau, denn diese Rüstung wurde erprobt.

Und nun endlich, ach, endlich ist das Ende seiner Befürchtungen erreicht. Alle seine Ängste, auch die kleinsten, enden an dieser Rüstung, an der stählernen Oberfläche seines Panzers. Unter der Rüstung hat er seine Ruhe, folglich denkt er jetzt nur noch an seine Ruhe. Triumphierend, erleichtert und getröstet denkt er, wie endgültig, grenzenlos und unanfechtbar diese Ruhe ist.

Da spürt er, wie etwas klopft …

Nicht in den Wäldern …

Nicht in den Wiesenmooren …

Nicht gegen die Palisaden …

Nicht gegen die Burgmauern …

Nicht gegen die eisenbeschlagene Tür des Turmes …

Nicht gegen den Panzer von außen …

… sondern gegen den Panzer von innen. Ganz deutlich klopft etwas von innen gegen den Panzer.

»Verrat!« schreit der Burgherr. Er wirft den Panzer ab, faßt den Dolch und stößt ihn in die Stelle unter der linken Brust, von der aus der unbekannte Gegner angreift.

Und stirbt.

Archäologie

Eines Tages stürmte der Bürodiener in das Kabinett des Präsidenten und rief, daß er beim Ordnungsamt in einer Ecke unter den Akten eine menschliche Gestalt entdeckt habe.

Wir liefen gleich alle hin, um sie uns anzuschauen. Tatsächlich, unter einem Stoß verstaubter Akten sah ein Hosenbein hervor. Wir machten uns an die Arbeit, und nach einem Augenblick kam ein recht anständig gekleideter Mensch unbestimmten Alters zum Vorschein. Unter dem Arm hatte er eine Aktentasche und gab kein Lebenszeichen von sich. Er war völlig ausgetrocknet.

»Nicht berühren!« rief der Präsident. »Wir müssen die archäologische Kommission benachrichtigen. Bei Ausgrabungen macht man das immer so. Wer weiß, vielleicht ist das jemand aus den Zeiten der Piasten? Oder gar der urslawischen Gräber?«

»Bestimmt aus dem Millennium«, sagte der Buchhalter.

»Außergewöhnlich gut erhalten«, fügte der Referent anerkennend hinzu. »Wie lebendig! Offensichtlich konserviert Papier gut.«

»Wir müssen ihn dem Museum übergeben«, stellte der Buchhalter fest. »Als ein Geschenk unseres Büros.«

Es kam auch der alte Portier, ein uralter Kerl, schon pensioniert, der es liebte, sich noch in der Institution herumzutreiben. Er betrachtete alles, schüttelte den Kopf.

»Mir scheint, daß ich ihn von irgendwoher kenne«, sagte er. »Damals war ich noch jung.«

»Um Gottes willen, er bewegt sich!« schrie plötzlich der Referent.

Tatsächlich. Offensichtlich unter dem Einfluß der frischen Luft wachte der Ausgegrabene aus seiner Lethargie auf und öffnete die Augen.

»Fliehen wir!« schrie der Buchhalter.

Aber es war schon zu spät, denn die Mumie griff nach der Aktentasche.

»Mir scheint«, sagte der uralte Portier, »das ist einer der Petenten, an den ich mich noch aus meiner Jugendzeit erinnere. Ich erinnere mich, er stand immer mit seiner Bittschrift in dieser Ecke und wartete auf die Erledigung seiner Angelegenheit. Da stand er und stand, na ja, und dann ist er sicher verschüttet worden.«

»Hm«, sagte der Präsident unsicher. »Ich habe mich geirrt. Meine Herren! Vom archäologischen Gesichtspunkt aus hat diese Ausgrabung keinerlei Wert.«

Wir sahen uns an, dann stürzten wir uns wie ein Mann auf die Ausgrabung, um sie wieder zuzuschütten. Er bewegte sich ein bißchen, aber wir warfen noch Papiere oben drauf und traten alles mit den Füßen gut fest.

Dann gingen wir auseinander, jeder an seine Arbeit.

Vielleicht bekommt er irgendwann einmal einen historischen Wert. Fürs erste lohnt es sich jedenfalls nicht, darüber zu reden.

Der Partner

Ich beschloß, meine Seele dem Teufel zu verkaufen.

Die Seele ist das Kostbarste, was der Mensch besitzt. Ich hoffte also, ein kolossales Geschäft zu machen.

Der Teufel, der zum Rendezvous erschien, enttäuschte mich: ein Huf aus Plastik, den abgerissenen Schwanz mit einer Schnur befestigt, der Pelz zerschlissen und wie von Motten zerfressen, winzige, unterentwikkelte Hörner.

Wieviel kann so ein Kümmerling für meine unschätzbare Seele geben?

»Sind Sie wirklich ein Teufel?« fragte ich.

»Ja. Wieso, haben Sie Zweifel?«

»Ich erwartete den Fürsten der Dunkelheit, und Sie sind irgendwie so… na ja, Ramsch, würde ich sagen.«

»Wie die Seele, so der Teufel«, sagte er. »Kommen wir zum Geschäft.«

Moral

Wir diskutierten über den Zusammenhang zwischen Charaktereigenschaften und den Leistungen, die man auf seinem Lebensweg erzielt.

»Ich zum Beispiel«, sagte der Rat. »Ich habe mir das Rauchen abgewöhnt, um für den Bau eines Einfamilienhauses zu sparen. Und bitte sehr, heute habe ich ein wunderschönes Einfamilienhäuschen mit Garten. Es genügt ein bißchen Willensstärke und Ausdauer.«

»Ich bin mit Ihnen einverstanden«, sagte der Referent. »Aber Sparsamkeit und Selbstüberwindung sind noch nicht alles. Nehmen wir mein Beispiel. Jeden Tag nach der Arbeit stricke ich noch zusätzlich. Nicht so sehr wegen des Geldes, sondern aus Prinzip, weil ich nicht tatenlos leben kann. Und was sagen Sie nun? Nachdem ich einige Zeit gestrickt hatte, wurde dieser schöne Toyota, den Sie vor dem Haus sehen, mein Eigentum. Ich möchte also an die Rolle erinnern, die neben der Enthaltsamkeit, wie der Herr Rat das richtig unterstrichen hat, auf dem Weg zum Erfolg auch der Fleiß spielt.«

»Was mich betrifft«, ließ sich der Präsident vernehmen, »habe ich nie geraucht, also konnte ich mir das leider nicht abgewöhnen. Für Handarbeiten bin ich nicht begabt. Wozu aber gibt es neben den guten Eigenschaften des Charakters die des Herzens? Eines Tages, an einem sonnigen Herbsttag, habe ich auf dem Weg zwei kleine grüne Frösche getroffen. Ich wollte schon gleichgültig an ihnen vorbeigehen, als sie sich mit menschlicher Stimme an mich wandten. ›Uns ist kalt, nimm uns mit und wärme uns!‹ Gerührt von

ihrem traurigen Schicksal, gab ich ihrer Bitte nach und nahm sie mit in meine bescheidene Hütte, um sie aufzuwärmen. Wie groß war meine Überraschung, als die kleinen grünen Frösche sich verwandelten, der eine in ein Mehrfamilienhaus und der andere in einen Mercedes.«

»Und Sie haben sie immer noch?« schrien der Rat und der Referent.

»Was soll ich denn mit ihnen anfangen? Ich kann sie doch nicht rausschmeißen, nur weil sie ihre Gestalt gewechselt haben. Das wäre unmenschlich.«

»Und Sie, Herr Kollege?« wandte sich der Rat an den Assistenten, der bis jetzt geschwiegen hatte.

»Ich, ich bin ganz gewöhnlich«, sagte der. »Ich betrüge, fälsche ein bißchen, manchmal klau ich was dazu, und das läuft dann so.«

»Abscheulich!« schrien wir im Chor. Nach einer Weile fragte der Präsident: »Ja und, was kommt dabei heraus?«

»Nichts. Nur daß ich dem Kind einen Hubschrauber gekauft habe.«

»Einen echten?«

»Sicher. Einen Cobra Super.«

Wir rückten mit Abscheu von ihm ab. Nicht genug damit, daß er stiehlt; er lügt auch noch.

Der Nachtexpreß

Fünf Minuten vor Abfahrt des Zuges fand ich mein Abteil im Schlafwagen. Zum Glück war außer meinem nur ein Bett besetzt, ich konnte also hoffen, eine ruhige Nacht zu haben. Es lag schon jemand in dem Bett, unter der über den Bart gezogenen Dekke sah nur eine blasse spitze Nase hervor.

Ich verlor ihn gleich aus den Augen, denn als ich ›Guten Abend‹ sagte, erhielt ich keine Antwort – um so besser, das heißt, daß er schon schläft und ich keine konventionellen Pflichten habe. Ich setzte mich auf das untere Bett und begann mich auszuziehen.

»Rauchen Sie?« hörte ich von oben.

»Danke, nein.«

»Ich kann Rauch nicht ausstehen.«

»Sie können beruhigt sein, ich rauche nicht.«

»Aber vielleicht rauchen Sie und gewöhnen es sich jetzt nur ab. Mitten in der Nacht bekommen Sie Lust, und Sie können sich nicht beherrschen.«

»Nein, ich habe nie geraucht.«

Die Stimme verstummte. Ich zog die Socken aus.

»Aber vielleicht fangen Sie an?«

»Was?«

»Zu rauchen. Manche fangen sogar im hohen Alter noch an.«

»Ich habe nicht die Absicht.«

»Das sagt sich so, und dann tut man was anderes. Ich würde das nicht ertragen.«

»Außerdem habe ich gar keine Zigaretten bei mir.«

»Dann holen Sie sich welche vom Schaffner.«

»Es ist nicht sicher, ob der raucht.«

»Und wenn er raucht?«

»Dann ginge ich auf den Korridor, ich würde schließlich nicht im Abteil rauchen.«

»Und wenn die Tür klemmt?«

»Schadet nichts, ich rauche ja nicht, ich habe nie geraucht und habe nicht die Absicht, damit zu beginnen. Gute Nacht.«

Dieses ›Gute Nacht‹ sagte ich etwas verfrüht, weil mir ja noch das Hemd und die Hosen abzulegen übrigblieben. Aber ich wollte das Gespräch abbrechen.

Das gelang mir, aber nicht für lange. Ich schaffte es kaum, das Hemd auszuziehen, als er sich wieder vernehmen ließ: »Machen Sie nicht das Licht aus?«

»Mach ich, ich zieh mich nur erst aus.«

»Manche lesen ja gern vor dem Einschlafen, aber dann kann ich nicht schlafen. Ich bin gegen Licht allergisch.«

»Ich bin ein Analphabet.«

»Sie könnten ja Bilder ansehen.«

»Hier gibt es keine illustrierten Bücher.«

»Und Fotografien? Sie haben sicher ein Foto Ihrer Frau, das Sie vor dem Einschlafen ansehen wollen.«

»Ich bin geschieden.«

»Und Kinder?«

»Ich habe keine Kinder.«

»Jeder hat irgend jemanden, der ihm nahesteht.«

»Nein, ich habe keine Fotografien. Wollen Sie mich durchsuchen?«

»Wenn Sie keine Fotografien haben, dann wollen Sie sich sicher Ihre Pickel im Spiegel oder sonst was ansehen… Aber ich ertrage nicht…«

Er redete nicht zu Ende, weil ich das Licht löschte. Er seufzte, und es herrschte Stille, ich war gerade am Einschlafen, als ich die Frage hörte: »Schnarchen Sie?«

»Nein.«

»Warum nicht?«

»Das hat sich so ergeben.«

»Merkwürdig, im allgemeinen schnarchen alle, aber mich stört das. Ich bin überempfindlich an den Ohren.«

»Leider kann ich damit nicht dienen.«

»Sind Sie sicher, daß Sie nicht schnarchen?«

»Absolut. Und jetzt erlauben Sie mir bitte, einzuschlafen. Ich bin sehr müde.«

Er erlaubte es. Mich weckte ein grelles Licht und ein Rütteln an der Schulter.

»Hallo Sie, hallo Sie!«

Ich sah seine spitze Nase direkt vor meinem Gesicht. Aus seinem Bett nach unten gebeugt, zog er mich an den Ärmeln des Schlafanzugs.

»Bitte, wenn Sie nicht rauchen, nicht schnarchen und kein Licht anlassen, was machen Sie dann eigentlich?«

»Wollen Sie das wissen?«

»Ja! Irgend etwas müssen Sie ja tun, nur weiß ich nicht, was. Das beunruhigt mich so, daß ich nicht schlafen kann.«

»Ich würge.«

»Was machen Sie?«

»Ich würge. Mit bloßen Händen oder mit Hilfe einer Schnur. Haben Sie nie von dem berühmten ›Würger im Nachtexpreß‹ gehört? Er verkehrt hauptsächlich auf dieser Linie. Er kauft als unschuldiger Passagier eine Schlafwagenkarte und würgt in der Nacht. Am allerliebsten natürlich dann, wenn außer ihm und dem Opfer niemand sonst im Abteil ist. Das ist ein Perverser, aber dieser Perverse bin ich.«

Bis zum Morgen hatte ich Ruhe. Als ich morgens zur Toilette ging, fand ich ihn auf dem Korridor, im Mantel und mit seinem Koffer. Er hatte die ganze Nacht auf seinem Koffer gesessen. Bei meinem Anblick stand er auf, und den Koffer hinter sich herziehend, entfernte er sich zum anderen Ende des Korridors hin.

Er tat mir plötzlich leid. Das Leben eines sensiblen Menschen ist nicht einfach.

Hamlet

Der Intendant rief mich zu sich und sagte: »Ich gratuliere, wir haben beschlossen, Ihnen die Rolle des Hamlet anzuvertrauen.«

Wie jeder Schauspieler hatte ich immer davon geträumt, diese Rolle zu spielen. Also konnte ich mich vor Glück gar nicht fassen. Überschwenglich dankte ich dem Intendanten und versprach, alle Anstrengungen zu unternehmen, um mich der mir anvertrauten großen Aufgabe würdig zu erweisen.

Ich sollte schon mit den Proben beginnen, als mich der Intendant wieder zu sich rief. Er schien mir etwas bekümmert zu sein.

»Es ist ein gewisser Umstand eingetreten. Das Ensemble meint, daß es Begünstigung eines Individuums wäre, wenn man Ihnen die Rolle des Hamlet anvertraute.«

»Das heißt, daß jetzt jemand anderes den Hamlet spielt?«

»Nein, das wäre auch Begünstigung eines Individuums. Aber wir haben einen Ausweg gefunden. Hamlet spielen Sie und noch acht weitere Schauspieler. Mehr als neun Personen, die mehr oder weniger wie Hamlet aussehen können, haben wir zum Glück nicht im Ensemble.«

»Ich verstehe, das heißt, ich und noch acht andere spielen abwechselnd.«

»Nein, alle gleichzeitig.«

»Was? Gleichzeitig? Aber doch nicht in derselben Vorstellung?«

»Doch, in derselben, jeden Abend.«

»Aber das ist doch unmöglich! Neun Hamlets in einem Stück!«

»Ja.«

»Aha. Das heißt, der erste tritt ab, der zweite tritt auf, tritt ab, der dritte tritt auf und so weiter.«

»Nein, denn dann entstünde das Problem der Reihenfolge, und es ergäbe sich eine Verletzung der Gleichberechtigung. Niemand sollte der erste sein, niemand der zweite und auch nicht der neunte. Sie vergessen, daß alle gleiche Chancen haben müssen.«

»Wie dann also?«

»Im Chor.«

Ich fiel auf den Stuhl. Der Intendant stand auf, kam hinter dem Schreibtisch hervor und legte mir die Hand auf die Schulter.

»Kopf hoch! Gesellschaftlich ist das bestens, aber auch künstlerisch kann das eine große Errungenschaft werden. Wir haben schon einen Regisseur, der sich dessen annimmt, ein sehr interessantes, avantgardistisches Experiment. Die Verteilung Hamlets auf neun Persönlichkeiten, Sie verstehen.«

»Ich verstehe. Die Psychologie von unten.«

»Wunderbar haben Sie das erfaßt.«

Dann beugte er sich zu mir nieder und fügte mit leiser Stimme hinzu: »Aber unter uns gesagt, niemand verbietet Ihnen, lauter zu sprechen als die anderen.«

Die Proben fingen an. Es war ein bißchen eng in der Garderobe, und auf der Bühne stolperten wir übereinander, aber dafür entwickelte sich ein starker Kollektivgeist.

So kam es zur Premiere. Der erste Akt ging irgendwie über die Bühne, aber bei der Szene auf dem Friedhof fehlte für mich der Schädel des Yorick, weil der Requisiteur sich geirrt hatte und nur acht davon vorbereitet hatte. Also wollte ich einem Kollegen auf der linken Seite den Schädel wegnehmen, aber der wollte ihn mir nicht geben. So fielen wir gemeinsam ins Grab. Währenddessen begannen die oben sich auch zu schlagen, denn unser Schädel war oben geblieben, also waren da weiter acht Schädel, aber sie waren zu siebt, und jeder wollte zwei haben.

Es gab neun Fälle von allgemeinen Prellungen, fünf Gesichtsverletzungen und drei Fälle von Stichwunden. Wer wollte da behaupten, daß Hamlet die Tragödie eines Individuums sei?

Mitleid

Auf Grund von Mißerfolgen in meinem Leben verfiel ich in Depressionen. Da zog eine Anzeige meine Aufmerksamkeit auf sich, die ich zufällig in einer Zeitung las: »Bist du traurig? Hast du keinen Erfolg? Hältst du dich für vom Schicksal benachteiligt? Straße der Rentnerfreuden 13, Hinterhof rechts.«

Unter der angegebenen Adresse herrschte ein großer Andrang. Man mußte ein Billett an der Kasse kaufen und dann warten. Es wurden nur zehn Personen auf einmal hereingelassen.

Als die Reihe an meine Zehnerschaft kam,

führte uns ein Diener ins Innere. Es war eine gräßliche Einzimmerbehausung. Auf einer erbärmlichen Pritsche wanden sich einige Kinder in Krämpfen. Emailschildchen an den Wänden informierten: »Bitte rauchen und spucken – es schadet sowieso nicht mehr.« Und: »Bitte nicht die Türen schließen – wozu?«

An einem Tisch saß ein Mann mit einem Bein und eingefallenen Wangen. Als wir uns mehr oder weniger in diesem Loch verteilt hatten, sah der Mann auf die elektrische Uhr, räusperte sich und begann zu sprechen. Es war seine Lebensbeichte.

»Bitte, verzeihen Sie, daß meine Frau nicht da ist«, sagte er zu Beginn, »sie weilt im Krankenhaus. Und jetzt werde ich Sie in kurzen Worten mit meiner Situation vertraut machen.«

Je länger er sprach, desto fröhlicher wurde ich. Denn im Vergleich mit seinem Leben mußten meine Mißerfolge wie Lappalien erscheinen. Es war dies eine einzige Kette von Niederlagen und Krankheiten. Schon bei der Beschreibung der Umstände, unter denen er zum Waisenkind wurde, erhellten sich die Gesichter der Kunden ein wenig, und als er zu der Geschichte seiner ersten Schwindsucht kam, wurden sie erheblich fröhlicher. Von Zeit zu Zeit gab er Schmerzensschreie von sich, zum Schluß verfiel er in leises Weinen. Als er geendet hatte, betrachtete er unsere strahlenden Gesichter und gestand uns, daß er obendrein noch Alkoholiker sei und bereit, sich für eine kleine Nachzahlung auf der Stelle unter Alkohol zu setzen, was ihm zusätzlich schaden würde. Einige Leute nutzten dieses Angebot aus. Ich verließ diesen Ort, beträchtlich im Geiste gestärkt.

Einige Zeit später, als ich abends nach Hause zurückkehrte, traf ich diesen Mann auf der Brücke. Er stand da und starrte in die träge Strömung des Flusses. Er sah aus, als hätte er Kummer.

Ich näherte mich ihm.

»Irgendwelche neuen Sorgen?« fragte ich. »Eine Vergiftung? Ein Ekzem? Oder vielleicht, Gott verhüte, Syphilis?«

»Ach was«, er seufzte schwer. »Lassen wir das Geschäft. Ich bin einfach traurig.«

Er sah so düster in die Tiefe, daß ich das nicht länger ertragen konnte.

»Wissen Sie was?« sagte ich. »Ich weiß nicht, was es sein kann, aber seit längerer Zeit habe ich hier solches Seitenstechen.«

»Eh, wirklich?« fragte er schon lebhafter.

»Ja, und außerdem hat mich in diesem Sommer auf dem Land ein Blitz getroffen.«

Er wurde so sichtlich heiter, daß es mich etwas unangenehm berührte. Also fügte ich hinzu:

»Aber er hat mich nicht erschlagen.«

Seine Miene verdüsterte sich wieder.

»Aber es hat weh getan? Was?« fragte er hoffnungsvoll.

Es war so etwas Flehentliches in seiner Stimme, daß ich ihm, weil ich ein so gutes Herz habe, antwortete:

»Sehr.«

»Na, dann werde ich mal wieder«, sagte er fast fröhlich. »Irgendwie wird's schon werden, nicht wahr?«

Und er ging pfeifend fort. Seit der Zeit habe ich bei ihm Rabatt.

Das Loch in der Brücke

Es gab einen Fluß und auf beiden Seiten des Ufers ein Städtchen. Diese zwei Städtchen waren durch einen Weg verbunden, der über eine Brücke ging.

Eines Tages entstand in der Brücke ein Loch. Dieses Loch mußte man flicken, worüber in der öffentlichen Meinung der beiden Städtchen Einigkeit herrschte. Der Streit entstand darüber, wer das tun sollte. Denn jedes Städtchen hielt sich für wichtiger als das andere. Das am rechten Ufer gelegene Städtchen war der Meinung, daß der Weg vor allem zu ihm führte, also sollte das am linken Ufer gelegene Städtchen das Loch flicken, denn ihm müßte ja mehr daran liegen. Das am linken Ufer gelegene Städtchen meinte, es sei das Ziel jeder Reise, also läge die Ausbesserung der Brücke im Interesse des am rechten Ufer gelegenen Städtchens.

Der Streit dauerte, also blieb das Loch bestehen. Aber je länger das alles dauerte, desto mehr wuchs der gegenseitige Widerwillen der beiden Städtchen gegeneinander.

Eines Tages fiel der einheimische Bettler in dieses Loch und brach sich das Bein.

Die Bewohner der beiden Städtchen fragten ihn eifrig aus, ob er vom rechten Ufer zum linken oder vom linken zum rechten gegangen sei, davon hing nämlich ab, welches Städtchen die Verantwortung für den Unfall zu tragen hätte. Er aber konnte sich nicht erinnern, weil er an jenem Abend betrunken war.

Einige Zeit später fuhr über diese Brücke die Kutsche eines Reisenden, fiel in das Loch und brach die Achse. Da der Reisende auf der Durchfahrt durch die beiden Städtchen war, er also weder vom einen in das andere noch auch vom anderen ins eine fuhr, verhielten sich die Bewohner beider Städtchen dem Vorfall gegenüber gleichgültig. Der verärgerte Reisende stieg aus der Kutsche, fragte, warum das Loch nicht verstopft sei, und als er erfuhr, warum, verkündete er: »Ich kaufe dieses Loch. Wer ist der Eigentümer?«

Beide Städtchen verkündeten gleichzeitig ihr Recht auf das Loch.

»Entweder ihr oder ihr. Die Seite, die das Loch besitzt, muß das beweisen.«

»Und wie sollen wir das beweisen?« fragten die Vertreter beider Gemeinden im Chor.

»Das ist ganz einfach. Nur der Besitzer des Lochs hat das Recht, es zu flicken. Ich kaufe es von dem, der die Brücke repariert.«

Die Bewohner beider Städtchen stürzten sich in die Arbeit, während der Reisende eine Zigarre rauchte und sein Kutscher die Achse auswechselte. Im Nu hatten sie die

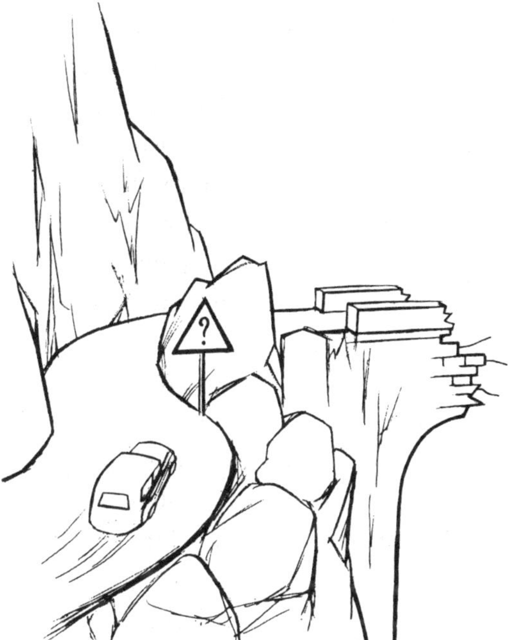

Brücke repariert, danach meldeten sie sich, den zustehenden Betrag für das Loch einzufordern.

»Für was für ein Loch?« wunderte sich der Reisende. »Ich sehe hier nirgends ein Loch. Ich gucke mich schon seit langem nach einem Loch um, das ich erwerben könnte, ich bin bereit, viel Geld dafür zu bezahlen, aber ihr habt ja gar kein Loch zu verkaufen. Wollt ihr euch etwa über mich lustig machen?«

Und er stieg in die Kutsche und fuhr davon. Zwischen den beiden Städtchen aber erfolgte eine Versöhnung. Die Bewohner beider Städtchen liegen jetzt einträchtig auf der Brücke auf der Lauer, und sowie irgendein Reisender herankommt, halten sie ihn auf und verprügeln ihn.

Der Schauspieler

Das Begräbnis des großen Schauspielers fand im Winter statt. Ein Schneegestöber peitschte über die entblößten Köpfe der Begräbnisteilnehmer. Die um das Grab Versammelten hörten die Reden, aber sie konnten den Moment nicht erwarten, bis diese aufhörten, jeder seine Handvoll Erde auf den Sarg warf und man endlich wieder die Hüte aufsetzen konnte.

Dann rutschte einem Kollegen des Toten, ebenfalls einem großen Schauspieler, seine wunderschöne Pelzmütze aus den Händen und fiel ins Grab. Alle bemerkten das, obwohl sich niemand anmerken ließ, daß er es bemerkt hatte. Alle wußten auch, in was für einer schwierigen Situation er sich befand.

Runter, die Mütze holen, das gehört sich nicht. Die Mütze da unten zu lassen war überaus blöd. Nicht nur, weil eine Erkältung dann gewiß war, nicht nur, weil es schade um die Mütze war, obwohl – auch das zählt. Vor allem deshalb, weil es schrecklich wäre, nach Hause zu gehen mit dem Bewußtsein, daß man hier war und die Mütze da, schon im Grab, wenn auch in einem fremden, daß die Mütze einem irgendwie zuvorgekommen war und auf einen wartete oder einen sogar rief. Schrecklich!

Sie sahen also erwartungsvoll zu, was er tun würde. Aber er zuckte nicht einmal mit der Wimper, und als er an die Reihe kam, hielt er folgende Rede: »Lieber, unvergessener Freund! Du gehst an diesem düsteren Wintertag fort von uns. Aber eine größere Kälte wird dich noch dort am Ziel deiner Reise erwarten, die Kälte der Ewigkeit.«

Seine Stimme versagte, und man konnte nicht umhin, sein Talent zu bewundern.

»Was kann ich dir für diesen weiten Weg mitgeben? Es bleibt nur meine tiefe Trauer – meine Zurückhaltung erlaubt mir nicht zu sagen: meine Verzweiflung – und symbolisch das, was mir am nächsten ist, meine eigene Kopfbedeckung. Ja, ich gebe sie dir, ich verzichte deinetwegen auf sie. Weil da, wohin du dich begibst, wird dir noch kälter sein als uns hier augenblicklich. Möge sie dir im Jenseits so dienen, wie sie mir im Diesseits gedient hat.«

Man hörte allgemeines anerkennendes Gemurmel.

»Aber beim Himmel!« Hier raufte er sich die Haare… »Habe ich das gut gemacht? Du warst bekannt für deine große Bescheidenheit, fremd war dir jede Eitelkeit und aller Tand, diese Mütze aber ist aus sibirischem Fuchs, fast neu und hat zweitausendfünfhundert gekostet. Habe ich dich nicht, statt dir einen Dienst zu erweisen, was mein aufrichtiger Wunsch war, mit der Nichtigkeit dieser Welt beleidigt, mit irdischem, erbärmlichem Prunk, der dir immer verhaßt war in diesem Jammertal und so unangebracht sein wird im himmlischen Königreich? Wirklich, ich beginne an dem Wert meiner Tat zu zweifeln, obwohl ich in allerbestem Glauben gehandelt habe.«

Das Publikum hielt den Atem an. Er dagegen winkte einem Friedhofsdiener, ihm die Mütze aus dem Grab zu holen. Und als der den Wunsch erfüllt hatte, nahm er dem Totengräber dessen eigene schäbige Schirmmütze ab, hielt sie hoch über das Grab, machte eine Pause und endete: »Nimm dies, was du wählen würdest, wenn du wählen könntest!«

Dann warf er die Schirmmütze ins Grab, mit einer so gekonnten, so hervorragend in Zeit und Raum berechneten Geste, daß applaudiert wurde. Der Schauspieler verbeugte sich vor dem Grab, aber nur in einer Viertelumdrehung. Jeder weiß, daß man sich nicht mit dem Rücken zum Publikum verbeugen darf.

Nicht bekannt ist, ob er später dem Totengräber irgendeine Entschädigung für dessen Schirmmütze gegeben hat. Manche behaupten, er habe ihm nur die Hand gedrückt, als der Totengräber sich schüchtern durch die Menge der Bewunderer zu ihm durchgedrängelt hatte. Aber ein echter Künstler muß nicht bezahlen, und er war ein echter Künstler.

Das Söhnchen

An Elisabeth, die Königin von England
Ich bitte höflichst darum, mich als Adoptivsohn Ihrer gütigen Majestät anzunehmen. Gegenwärtig bin ich eine Waise und muß jeden Augenblick arbeiten. Ich betone, daß ich die Schule und das Militär bereits hinter mir habe, achtzehn Klassen Grundschule, jede Klasse zweimal. Sorgen mit meiner Ausbildung werden Sie also nicht haben, sondern nur Nutzen von mir, denn ich kann auf meine Geschwister, das heißt auf die anderen Kinder, die Sie haben, auf diese meine geliebten Schwesterchen und Brüderchen, zu Hause aufpassen.

Ich bin außerdem gesund, nur daß ich am ersten und am fünfzehnten Kopfschmerzen habe sowie jeden Sonntag früh. Dazu fehlt mir ein Zahn aufgrund einer Diskussion mit einem Kollegen, aber insgesamt bin ich stark, besonders in den Beinen.

Ich habe ein fröhliches Naturell. Und ich kann singen und kenne verschiedene Witze, zum Beispiel von der Witwe und dem Schornsteinfeger, oder von einem, der sich hingehockt hat. Ich kann sie erzählen, aber das muß auch nicht sein, wenn Sie das nicht wünschen.

Ich bin praktisch und kann mich im Haus als Ihr Kind nützlich erweisen. Die Wasserleitung reparieren, die Krone polieren, Kohle in den Keller bringen, ich kann alles, und man braucht keinen Fremden zu rufen. Sparsamkeit und Zuverlässigkeit.

Die englische Sprache beherrsche ich. Wenn es einen englischen Film im Kino gibt, lese ich immer laut mit und verstehe alles, besonders über die Cowboys.

Ich hoffe auf eine positive Erledigung meiner Bitte. Ich bin immer neben der Bierbude zu finden, und wenn ich da zufällig nicht sein sollte, hinterlassen Sie die Nachricht bitte bei meiner Kollegin in der Hofeinfahrt. Grüße an den Papa.

Ich verbleibe hochachtungsvoll,
der kleine Königsssohn

Der Entschluß

Ich saß im Wartezimmer und wartete auf eine Audienz bei einer Sehr Wichtigen Persönlichkeit. An der Garderobe hingen zwei Mäntel. Einer gehörte mir, der andere jemandem, den die Sehr Wichtige Persönlichkeit eben in ihrem Arbeitszimmer empfing.

Ich wollte wegen eines natürlichen Bedürfnisses hinausgehen. Aber wenn ich hinausginge, riskierte ich, daß ich gerade dann drankommen und die Sehr Wichtige Persönlichkeit fragen würde: »Wo ist der nächste Bittsteller?«

»Rausgegangen«, würde die Sekretärin antworten. »Was? Rausgegangen?! Erst bettelt er um eine Audienz, und dann geht er raus? Ich will ihn nie wiedersehen.«

Aber was macht man, wenn das Bedürfnis immer größer wird. Vielleicht doch rausgehen? Je früher ich rausginge, desto schneller wäre ich wieder zurück und desto größer die Wahrscheinlichkeit, daß ich es schaffen würde.

Aber die Audienz im Arbeitszimmer dauerte schon ziemlich lange und konnte jeden Augenblick zu Ende sein.

Also nicht rausgehen?

Wie soll ich nicht rausgehen, wenn die Not mich bedrängt.

Soll sie ruhig drängen, wozu hat man einen starken Willen? Von dieser Audienz hing meine Karriere ab.

Aber andererseits...

So überlegte ich, und die Zeit verging. Und je drängender das Bedürfnis wurde, desto stärker mein Beschluß, ihm nicht nachzugeben.

Endlich öffnete sich die Tür des Arbeitszimmers, es erschienen der Rücken meines Vorgängers in tiefer Verbeugung und hinter ihm die Sehr Wichtige Persönlichkeit: »Bitte kommen Sie herein«, sagte er und lud mich ins Arbeitszimmer.

Da sprang ich auf und rannte wortlos raus auf den Gang. Leider hatte ich keine andere Wahl mehr.

Entwicklung

Das Leben ist eben so. Um mich zu zerstreuen, liebe ich es, Kakerlaken zu beobachten. Eine einzelne ist uninteressant, aber gemeinsam besitzen sie ein großes Potential. Gestern zum Beispiel. Ich sitze in der Küche, rauche, und sie laufen herum. Sie laufen und laufen, bis sie sich in einem bestimmten Moment zu dem Meisterwerk Leonardo da Vincis *Das letzte Abendmahl* gruppieren. Ein Zufall? Nein, nur das unumgängliche, unvermeidbare Gesetz der Entwicklung, die schöpferische Dynamik der Gruppe, die Evolution. Es genügt, daß die Gesellschaft läuft, und die Ergebnisse sind da.

Die Schwierigkeit lag darin, daß sie sofort auseinanderrannten. Leonardo dauerte nicht länger als eine Sekunde. Ich dachte, ich nehme ein Giftspray, warte, und wenn sie sich wieder zu irgendeinem Meisterwerk gruppieren, spritze ich und fixiere sie. Das Spray in der Hand, lag ich auf der Lauer.

Sie wieder hierhin und dorthin. Es huschte so was wie *Déjeuner sur l'herbe* von Manet vorbei. Das ließ ich vorbei. Offensichtlich haben sie sich in der Entwicklung vorwärts bewegt und sind sozusagen schon im Impressionismus.

Ich hätte sie fixieren können, aber habe ich das Recht, ihre Entwicklung aufzuhalten?

Der Impressionismus ist eine große Errungenschaft, aber wer weiß, wohin sie nicht gelangen, aber gelangen könnten.

Die Kubisten – habe ich vorbeigelassen.

Die Surrealisten – habe ich vorbeigelassen.

Ich hatte den Finger auf dem Spray, aber drückte noch nicht. Es ist bekannt, daß nach etwas Neuem etwas noch Neueres kommen muß, das heißt nach etwas Gutem etwas Besseres. Das ist also kein großes Unglück, daß Leonardo und die Späteren auseinandergelaufen sind, im Gegenteil, es ist ein Fortschritt.

Wir waren schon in der Gegenwart. Nur das Allerbeste. Warhol zum Beispiel. Aber auch er ist nicht das letzte, schon fast ein Klassiker. Lauft weiter, meine Tierchen, und erlauft etwas, was noch nicht da war. Ich wartete auf die allergegenwärtigste Modernität, das heißt auf das, was das Allerbeste ist.

Aber was war das, ich sehe nichts mehr, nur Kakerlaken, die herumlaufen. Hatten sie sich erschöpft? Irgendeine Dekadenz? Der Niedergang der Kunst? Ich rieb mir die Augen, aber nichts außer Kakerlaken.

Oh, bin ich dumm. Wie kann ich etwas sehen, wenn ich mich noch nicht entwickelt

habe. Sie sind sicher schon im 25. Jahrhundert (denn es war schon nach Mitternacht, und sie liefen schnell), und ich bin immer noch am Ende des 20. Jahrhunderts. Meine Wahrnehmungsfähigkeit ist nicht nachgekommen, das ist es.

Ich legte das Spray weg und ging schlafen. In die Küche komme ich erst wieder, wenn fünfhundert Jahre vergangen sind.

Bodybuilding

Ich verliebte mich. Aber ich hatte nicht den Mut, meine Liebe zu gestehen, weil ich schmächtig und unattraktiv für Frauen bin. Ich beschloß zunächst, meinen Körper aufzubauen und mich dann zu erklären.

Den Körper baut man durch Übungen auf, die darauf beruhen, daß man Gewichte hebt. Das Gewicht fassen wir mit Hilfe des Daumens und des Zeigefingers, heben es hoch und reißen es durch ein plötzliches Anspannen des Bizeps bis zur Höhe der Speiseröhre. Die letzte Phase der Übung ist ein Zurückbeugen nach hinten, was auch die Wirbelsäule geschmeidig macht, besonders die Halswirbel.

Wenn die Übung richtig ausgeführt wird, sollte man ein leises Gluckern hören.

Schon nach wenigen Übungen kreist das Blut lebendiger in den Adern, und das Auge gewinnt an Glanz.

Als Anfänger begann ich mit einem Gewicht von fünfzig Gramm. Schon bald entwickelte sich mein Bizeps so, daß ich zu hundert Gramm überging. Als ich mich im Spiegel betrachtete, bemerkte ich vorteilhafte Veränderungen sogar der Nase, die größer geworden war und eine gesunde rote Farbe angenommen hatte. Ich arbeitete ausdauernd an mir, obwohl ich manchmal eine große Müdigkeit empfand, besonders am nächsten Tag morgens früh nach den Übungen.

Es kam die Zeit heran, daß ich ohne Komplexe der geliebten Frau meine Liebe gestehen konnte. Erst übte ich lange mit einem Kollegen im Klub, und frühmorgens ging ich zu ihr. Ich zog mich vor der Tür aus, spannte die Muskeln und klingelte.

Aber wer versteht schon die Frauen? Sie wollte mich nicht empfangen. Vielleicht, weil ich mich in der Tür geirrt hatte.

Der achte Tag

Der Herrgott arbeitete sechs Tage und ruhte am siebenten. Der Mensch ist nicht der Herrgott, er wird schneller müde, also fand er, daß er den Sonnabend als Ruhetag verdiente.

Diese Entscheidung stieß auf keinen wesentlichen Widerspruch bei der höchsten Instanz.

»Wenn das mit dem Sonnabend gelungen ist, gelingt es vielleicht auch mit dem Freitag«, dachte ich und richtete ein Gesuch dieses Inhalts an den Herrgott:

»Im Zusammenhang mit der Müdigkeit, die ich nach dem Montag, Dienstag, Mittwoch, Donnerstag und Freitag empfinde, bitte ich höflichst darum, mir auch den Freitag als freien Arbeitstag zuzugestehen. Homo sapiens.«

Es gab keine Antwort, aber ich befand, daß mir der Freitag zugestanden war.

Jedoch blieb zwischen dem Mittwoch und dem Rest der Woche dieser fatale Donnerstag. Nichts ist so anstrengend wie die Arbeit am letzten Arbeitstag der Woche. Also schrieb ich, dieses Mal kühner:

»Der Mensch ist ein denkendes Schilfrohr (Blaise Pascal 1623–1662). Ich glaube, daß ich am Donnerstag auch nicht arbeiten muß.«

Jetzt hörte ich schon Mittwoch mittag auf zu arbeiten. Ja, aber dieser Mittwoch ... Das Schweigen des Herrgotts machte mir Mut.

»Ich fordere die Liquidierung des Mittwochs als Arbeitstag. Prometheus.«

In der Angelegenheit des Dienstags rebellierte ich schon offen:

»Mensch – das klingt stolz (Maxim Gorki 1868–1936). Der Dienstag verunglimpft meine Würde. Ich lehne ihn kategorisch ab und höre am Montag auf.«

Es gab keine Antwort, so ging das mit dem Montag schon ganz leicht. Es genügte ein Telegramm.

»Montag ist ausgeschlossen.«

Jetzt hatte ich sieben Tage in der Woche frei und war stolz auf meine Revolte (*L'homme révolté,* Albert Camus 1913–1960). Aber nach einer gewissen Zeit bemerkte ich, daß die Woche nur sieben Tage hat und daß ich deshalb mehr als sieben freie Tage in der Woche nicht haben kann. So eine Begrenzung meiner Freiheit schien mir unzulässig. Ich telegrafierte also an den Herrgott:

»Sofort den achten Tag erschaffen!«

Er hat nicht geantwortet, was mich endgültig davon überzeugte, daß Nietzsche recht hatte (Friedrich Nietzsche 1844–1900) und daß es den Herrgott nicht gibt. Aber wer ist

in dem Fall schuld, daß die Woche nur sieben Tage hat und daß ich mehr als sieben freie Tage in der Woche nicht haben kann?

Ich nahm einen Stock und schlich mich auf die Treppe. Wenn der Nachbar vorbeikommt, zieh ich ihm eins über.

Irgend jemand muß ja schließlich schuld daran sein, daß ich zu kurz komme.

Der Dienstmann

Da ich meine drei großen Koffer nur mit äußerster Mühe heben konnte, rief ich einen Gepäckträger. Es war ein Mann in den besten Jahren.

Zwei Koffer verband er mit einem Lederriemen und hängte sie sich über die rechte Schulter. Den dritten nahm er in die linke Hand.

»Schwer!« sagte er mißmutig.

»Selbstverständlich!« antwortete ich. »Aber habe ich Sie nicht gerade aus diesem Grunde gebeten, mir gegen eine entsprechende Entlohnung mein Gepäck zu tragen? Andernfalls könnte ich es ja ohne weiteres selbst tun.«

Er schaute mich von der Seite an, sagte aber kein Wort.

»Schließlich ist das ja Ihr Beruf«, fügte ich noch hinzu. »Seine Ausübung erlaubt es Ihnen, Ihren Lebensunterhalt zu bestreiten. Nehmen wir an, ich hätte ein leichtes Gepäck, und Sie trügen es mir aus Gefälligkeit, dann stünde Ihnen auch kein materieller Lohn zu.«

»Mein Vater war Kleinbauer«, sagte er, und in seiner Stimme schwang eine gewisse Trauer.

»Aber bin ich denn für den Stand der Landwirtschaft in der Zwischenkriegszeit verantwortlich?« wandte ich ein. »Außerdem habe ich Ihren Herrn Vater gar nicht gekannt.«

»In der Schule hatte ich es auch nicht leicht, o je, gar nicht leicht«, bekannte er bitter.

Wir gingen jetzt über die Stufen zur Bahnhofshalle. Wirklich, dachte ich. Es kann schon sein. Fünf Kilometer zur Schule über die Felder. Im Winter reicht der Schnee bis zum Gürtel. Und der Religionslehrer ist ein ausgemachter Rohling …

»Wenn es sein muß, kann ich Ihnen ja einen Koffer abnehmen, den hier, den leichtesten.«

Er reichte mir einen Koffer, machte aber immer noch eine finstere Miene. In sein Gesicht hatte sich ein Leid gegraben, dessen Ursachen zeitlich wie räumlich in weiter Ferne lagen.

»Einen Furunkel hatte ich auch, auf der Schulter. Das werden jetzt fünfzehn Jahre her sein …«, brummte er nachdenklich.

Wir gingen jetzt unter der großen Bahnhofskuppel. Man muß menschlich sein, dachte ich mir. Man darf seinem Nächsten gegenüber nicht so hart sein. Ein solcher Furunkel kann schrecklich weh tun.

»Ich könnte ja noch einen nehmen«, sagte ich zögernd, denn schließlich bin ich nicht der Stärksten einer.

»Nehmen Sie nur, nehmen Sie. Beim Militär wurde ich auch nicht verwöhnt«, sagte er und hängte mir den Riemen um, an dessen Enden die beiden Gepäckstücke lasteten.

Ich wollte ihm nun den Koffer zurückgeben, den ich schon vorher übernommen hatte, denn meinem Vorschlag zufolge wollte ich nur zwei der Koffer tragen. Aber er hatte sich bereits umgedreht, ging vor mir her und zeigte mir schnaufend den Weg.

Die Füße trugen mich kaum, und mir schien, daß ich jeden Augenblick zusammenbrechen müsse. Der Riemen schnitt mir tief ins Fleisch, und ich fürchtete, mein linker Arm könnte mir von diesem Gewicht ausgerissen werden. Dennoch ging ich weiter. Aber nun wollte ich mich auch meinerseits beklagen.

»Der Konflikt zwischen dem Sein und dem Bewußtsein quält mich schon seit langem«, begann ich schließlich schüchtern.

Aber er tat, als höre er mich nicht. Wir

waren jetzt schon auf dem Perron, aber bis zum Zug hatten wir es noch weit.

»Schon seit langem...«, wiederholte ich nachdrücklich.

Da begann er wieder zu sprechen, diesmal ganz sanft, als ob seine Worte in die Ferne gerichtet seien und er jetzt sein Schicksal voll Ergebenheit trage.

»1946 hat es schrecklich geregnet. Einmal bin ich ganz durchnäßt heimgekommen, und in dem Augenblick, als ich das Haus betrat, hat es aufgehört zu regnen.«

Mich packte der Schrecken. Ich wußte schon, was das zu bedeuten hatte, und ich wußte auch, daß es jetzt keine Rettung mehr gab.

»Steigen Sie auf«, flüsterte ich heiser.

Er jammerte weiter, sprang auf und saß mir nun rittlings auf den Schultern. Ich torkelte, bewegte mich aber dennoch mit trippelnden, krampfhaften kleinen Schritten voran.

Aber es ging nicht schnell genug. Der Zug, den ich erreichen wollte, setzte sich in Bewegung, als mich nur noch ein paar normale Schritte von ihm trennten. Die hellen Vierecke seiner Fenster zogen an meinen Augen vorbei.

Und dann lagen die Schienen und der Bahnsteig auf der anderen Seite nackt vor mir.

Er aber wies mir durch ein leichtes Ziehen an den Ohren die Richtung, und mit den gleichen verkrampften, immer wieder unterbrochenen Schrittchen schleppte ich ihn und meine drei Koffer zunächst zum Ausgang und dann der dunklen Stadt entgegen.

Der Held

Ich ging eines Tages am Ufer des Flusses entlang und sah: Ein Pfadfinder ertrinkt. Ich kenne die Stelle, es ist da nicht sehr tief, also beschloß ich, ihm das Leben zu retten. Aber natürlich erst dann, wenn sich Publikum versammelte. Ich setzte mich auf die Bank und wartete. Der Pfadfinder schrie laut, also versammelte sich bald eine ganze Menge Leute. Ich wartete noch, damit das Dutzend voll würde, dann stand ich auf, näherte mich dem Wasser und, angespornt von den Bewunderungsschreien, begann ich langsam, den linken Schuh auszuziehen. Das Publikum klatschte bravo. Ich war schon in Sokken, als ich bemerkte, daß irgendein unverschämter Typ auch anfing, sich auszuziehen. Ich wurde nervös.

»Sie haben sich nicht in der Schlange aufgestellt«, sagte ich zu ihm.

»Ist das Ihr Pfadfinder, oder was?« antwortete er darauf und warf schon die Weste hin.

»Recht hat er!« ließen sich Stimmen aus dem Publikum vernehmen. »Der Pfadfinder ist Allgemeingut.«

»Lassen Sie die Hosen an«, sagte ich zu ihm. »Sie waren noch gar nicht auf der Welt, als ich schon Scouts rettete.«

»Ihre Großmutter haben Sie gerettet«, antwortete er beleidigend.

»Meine Großmutter war ein besserer Pfadfinder, als Sie je ein Aufschneider waren; halt dich lieber an der Seife fest und nicht am Pfadfinder.«

Es kamen immer mehr Leute. Die einen waren auf meiner Seite, die andern sagten, jeder habe das Recht, jemanden zu retten. Ich sah, es half nichts, und jetzt hing alles davon ab, wer sich am schnellsten auszog. Zwar hatte er später angefangen, aber er hatte einen Reißverschluß und holte daher auf. Ich überrundete ihn erst wieder bei den Unterhosen. Als er sah, daß er seine Chance verspielte, wollte er, so wie er war, in der Unterwäsche ins Wasser springen. Ich wurde wütend und stellte dem Betrüger ein Bein. Der sollte ja nicht den Helden spielen.

Ich weiß nicht, was aus dem Pfadfinder geworden ist, denn uns brachte man ins Krankenhaus – mich und diesen anderen. Ich habe ihm die Hand verrenkt, und er hat mir die Vorderzähne ausgeschlagen. Die Rettung von Ertrinkenden erfordert Mut und Opfer.

Kamikaze

Der Präsident ließ uns rufen und sagte: »Das ›Archiv der unerledigten Angelegenheiten‹ muß aufgeräumt werden. Wer meldet sich freiwillig?«

Niemand meldete sich.

»Dann werde ich jemanden bestimmen. Der Kollege Sekretär wird das machen.«

»Ich habe Frau und Kinder«, flüsterte der Sekretär.

»Der Kollege Buchhalter?«

»Unmöglich. Mich haben sie sogar vom Marsch am ersten Mai befreit.«

»Der Kollege Praktikant?«

Der Praktikant stürzte zu Boden und umfaßte die Knie des Präsidenten. »Tun Sie mir das nicht an!« schluchzte er. »Ich bin jung, das Leben liegt noch vor mir.«

»Schade um das junge Leben«, ließ sich der eine Kanzleidiener aus der Ecke vernehmen. »Mich hat gestern meine Verlobte verlassen. Mir ist alles egal.«

Er zog los. Er nahm eine Thermosflasche und Trockenproviant für drei Tage mit. Wir begleiteten ihn bis zur Tür des ›Archivs der unerledigten Angelegenheiten‹ und verabschiedeten uns.

Zu Anfang war er noch zu sehen, wie er sich langsam auf den Berg von Papieren schob. Die Akten rutschten ihm unter den Füßen weg, aber er rückte hartnäckig vor.

Am zweiten Tag sah ihn noch der andere Kanzleidiener durch das Schlüsselloch, wie er an einem Seil hängend auf einem Aktenberg noch irgend etwas ordnete. Am dritten Tag war er verschwunden. Wahrscheinlich hatte er sich weiter vorgewagt.

Am sechsten Tag hörte man ein fernes Donnern. Der alte, erfahrene Kanzleidiener war der Meinung, ihn habe eine Lawine erschlagen. »Er hat sicher unaufmerksam auf einem Überhang gestanden, der ist abgebrochen und hat ihn unter sich begraben.«

Wir dachten an eine Rettungsexpedition. Aber irgendwas kam uns von Woche zu Woche dazwischen, bis wir schließlich die Angelegenheit der Rettungsexpedition in eine Akte legten und sie von der Dachluke aus in das ›Archiv der unerledigten Angelegenheiten‹ warfen.

Die Leiden des jungen Werther

Der Direktor der Philharmonie empfing uns sehr höflich. »Womit kann ich dienen?« fragte er.

»Wir bekommen noch fünfzigtausend.«

»Das ist gut möglich, trotzdem bin ich nicht sicher, ob ich Bescheid weiß, aus welchem Grund. Dürfte ich um eine Erklärung bitten?«

»Als Vorschuß«, erklärte ich.

»Natürlich, das wird praktiziert. Aber ein Vorschuß auf was?«

»Unseren Auftritt in der Philharmonie.«

»Ja, das ist schon eine gewisse Grundlage. Trotzdem, falls mich mein Gedächtnis nicht täuscht, sehen wir uns zum ersten Mal. Sollten wir einen Vertrag in Abwesenheit unterschrieben haben?«

»Noch nicht, aber wir können sofort unterschreiben.«

»Zweifellos. Ich würde nur gern Ihren Vorschlag in Umrissen kennenlernen. Sind Sie eine Musikgruppe?«

»Vorläufig nicht, aber wir werden eine sein.«

»Und was für ein Repertoire, so ungefähr?«

»Das wird sich herausstellen, wenn wir spielen lernen.«

»Spielen?«

»Auf irgendwelchen Instrumenten natürlich.«

Die Stumpfsinnigkeit dieses Typs begann mich zu irritieren.

»Dann können Sie jetzt noch nichts?«

»Noch oder schon, wo ist da der Unterschied? Die Zukunft gehört uns sowieso. Sehen Sie nicht, daß wir jung sind?«

»O sicher. Dürfte ich jedoch etwas vorschlagen? Lernen Sie erst einmal spielen, dann spielen Sie ein bißchen, und dann sehen wir weiter. Die Zukunft gehört zweifelsohne Ihnen.«

Und er gab uns keinen Vorschuß, der Faschist. Wir gingen raus, gesellschaftlich geschädigt. An der Mauer hing ein Plakat, daß sie irgendeinen Mozart spielen lassen.

»Wer ist das?« fragte der… na, ich weiß nicht, wer von uns, weil mein Gedächtnis mich im Stich läßt, besonders vormittags.

»Sicher irgendein Alter.«

Wir hörten auf, über die Kunst nachzudenken, und beschäftigten uns damit, Bomben zu bauen. Eine muß man in die Philharmonie legen, der Kampf um die Gerechtigkeit hat Vorrang.

Jemand

Während des Empfangs beachtete mich niemand. Zwar hatte mir der Hausherr selbst die Tür geöffnet, aber dann wandte er sich mit einem höflichen ›Bitte legen Sie doch ab‹ an mich, aber ich hatte den Eindruck, daß er jemand anderes erwartet hatte. Gäste, die schon vor mir gekommen waren, drückten mir die Hand und sagten: ›Sehr angenehm‹ oder ›Sehr erfreut‹, aber dann wandten sie sich den unterbrochenen Gesprächen zu. Als man zu Tisch auftrug, fragte die Dame des Hauses: »Vielleicht noch etwas Salat?« Aber ich hatte den Verdacht, daß es kein Vorschlag im tieferen Sinne war. Nach dem Abendbrot, als eine lockere und angeregte Stimmung herrschte, beschloß ich, einer Dame einen Aschenbecher zu geben, aber es stellte sich heraus, daß sie nicht rauchte. Ich fing an, einen Witz zu erzählen, aber da kam ein verspäteter, offensichtlich wichtiger Gast, denn alle erhoben sich von ihren Plätzen, um ihn zu begrüßen, und später forderte mich niemand mehr auf, den Witz zu Ende zu erzählen. Ich setzte mich also in eine Ecke und rechnete damit, daß meine freiwillige Absonderung die Versammelten neugierig machen würde und sie dazu brächte, mich zu bitten, ich solle mich doch zu ihnen setzen, was aber nicht erfolgte. Schließlich beschloß ich, eine Radikalkur anzuwenden: die Versammlung zu verlassen oder wenigstens diese Absicht kundzutun. Weder der Herr noch die Dame des Hauses versuchten, mich zurückzuhalten, als ich verkündete, daß mich eilige Angelegenheiten zu einem vorzeitigen Abgang zwängen. Zwar sagte der Hausherr

»Schade«, aber er präzisierte nicht, was er dabei im Sinn hatte, also konnte er ebensogut gemeint haben: »Schade, daß Sie so lange hier rumgesessen haben.« Die Dame des Hauses dagegen sagte zwar: »Ich hoffe, es hat Ihnen gefallen und Sie kommen irgendwann mal wieder vorbei«, was ebenso gut heißen konnte: »Vielleicht fallen Sie in die städtische Kanalisation.« Die Tür schloß sich hinter mir, und ich befand mich auf der Treppe.

Ich gab ihnen eine letzte Chance und wartete noch eine halbe Stunde auf der Treppe. Aber die Tür blieb geschlossen, niemand öffnete sie, um mich zurückzuholen. Ich ging auf die Straße und verließ langsamen Schrittes das Gebäude, ich gab ihnen damit eine Chance, falls sie mich noch einholen wollten. Aber das kam ihnen gar nicht in den Sinn, und ich kam ungehindert nach Hause.

Im Morgengrauen weckte mich ein Klingeln an der Eingangstür. Ich machte auf. In der Tür stand der Gastgeber des Empfangs, der mich noch vor einigen Stunden so gleichgültig verabschiedet hatte. Er schien verlegen.

»Wir bedauern alle sehr, daß Sie so früh gegangen sind«, begann er auf der Schwelle.

»Macht nichts, ich komme gleich zurück, ich ziehe mir nur etwas über.«

»Leider sind die Gäste schon gegangen. Sie gingen gleich als erster, nicht wahr?«

»Ich hatte meine Gründe.«

»Oh, eben! Wir waren alle sehr neugierig, warum Sie gegangen sind.«

»Ich hatte etwas zu erledigen.«

»Zweifellos, zweifellos. Aber Sie haben damit die allgemeine Aufmerksamkeit erregt, es wurde von nichts anderem mehr geredet, nur von Ihnen.«

»Wirklich?«

»Ja, einige wollten Sie sogar suchen gehen, aber ich habe gesagt, daß ich das selber erledige. Schließlich bin ich als Gastgeber ja verantwortlich.«

»Richtig.«

»Ich freue mich, daß Sie meiner Meinung sind. Wieso soll man daraus eine Affäre machen? Wir erledigen das unter uns, nur Sie und ich, ohne Zeugen.«

»Bitte, ich bin kein Mensch, der nicht verzeiht.«

»Dann geben Sie mir bitte die Uhr zurück.«

»Was für eine Uhr?«

»Tun Sie nicht so. Sie wissen sehr gut, daß einem der Gäste die Uhr verlorengegangen ist.«

»Und Sie denken, daß ich die Uhr gestohlen habe?«

»Und wer, wenn nicht Sie? Nicht nur ich, alle denken das.«

Ich umarmte ihn, obwohl er sich wehrte. Er wollte nicht mit mir feiern und ging mit der Drohung, die Polizei zu benachrichtigen. Trotzdem war ich glücklich. Ich habe schon immer gewußt, daß ich jemand bin, und endlich war das bemerkt worden.

Der Nobelpreis

Ein Dichter, ein Nobelpreisträger, kam zu uns zu einer Begegnung mit dem Publikum. Das war eine große Ehre, weil es ein berühmter Dichter war und wir eine kleine Stadt sind. Also gab es zahlreiche Ansprachen und ein Orchester für den Empfang und danach ein Festessen im blumengeschmückten Saal.

Während des Festessens spürte der Dichter das Bedürfnis, auf die Toilette zu gehen, und ging hinaus. Irgendwie kam er lange nicht zurück. Schließlich ging der Bürgermeister persönlich hinaus, um nachzusehen, ob ihm nicht etwa übel geworden wäre.

In dem Toilettenvorraum fand er die Klosettfrau und den Nobelpreisträger.

»Ich lasse ihn nicht rein!« rief die Klosettfrau dem Bürgermeister zu. »Er hat kein Kleingeld.«

»Aber gute Frau, er hat den Nobelpreis!«

»Das hat er mir eben selber gesagt. Ich würde ihn ja sogar ohne Bezahlung reinlassen, ein alter Mann, da habe ich Mitleid. Aber nachdem er gestanden hat, daß er diese Krankheit hat, laß ich ihn niemals rein! Was denn, daß er mir die anderen Kunden ansteckt? Wenn er den Nobel hat, dann soll er zum Arzt gehen und nicht in anständige Toiletten kommen.«

Es war nichts zu machen, und der Nobelpreisträger mußte in die Büsche gehen. Er sagte zwar, es mache ihm nichts aus, aber er war wohl doch beleidigt.

Als er abgereist war, kündigte man der Frau die Stellung. Jetzt arbeitet ein junger, gebildeter Mann mit Universitätsabschluß dort, belesen, er weiß, was Nobelpreis bedeutet. Nur ist ungewiß, ob noch einmal irgendein Nobelpreisträger zu uns kommen wird.

Das Interview

Ich klopfte an die Tür des Ateliers und hörte ›Herein bitte!‹. Das Glasdach irgendwo hoch oben ließ wenig Licht herein, da es vom Großstadtdreck verschmutzt war. Fenster in den Wänden gab es nicht. Im Halbdämmer rutschte ich auf irgendwas aus und wäre fast hingefallen. Ich hörte eine Stimme: »Sie sind auf meinem Lebenswerk ausgerutscht.«

»Übertriebene Bescheidenheit, Maestro.«

»Absolut nicht, und ich werde Ihnen das gleich erklären«, sagte der Greis, der in eine Decke gewickelt im Sessel saß. »Als ich jung war, meißelte ich das Denkmal des Alls, und damals hätten Sie nichts riskiert. Die riesige Skulptur war abstrakt und füllte verständlicherweise das ganze Studio aus bis hoch zum Dach.«

»Und was ist mit ihr passiert?«

»Sie sollten eher fragen, was mit mir passiert ist: Nun ja, ich habe meine Ansichten geändert, bin von der Metaphysik zu Geringerem übergegangen und habe das All zu Karl Marx umgearbeitet. Natürlich eine figürliche Skulptur, immer noch sehr groß, aber sie reichte nur bis dahin, wo Sie jetzt die Flecken an der Wand sehen.«

»Haben Sie sie auch...«

»Sie haben es erraten. Ich habe sie zu einem Werk mit dem Titel ›Die Menschheit als solche‹ umgearbeitet, ohne jede Ideologie. Verhältnismäßig klein, auch schon aus technischen Gründen, ich mußte während der Umarbeitung viel abschlagen. Abstrakt, versteht sich. Sie reichte nur bis zu diesem Gasrohr, unterhalb der Flecken.«

»Und dann?«

»Die Enttäuschung über die Menschheit und etwas wesentlich weniger Ehrgeiziges.«

»Und dieses Werk haben Sie jetzt wiederum…«

»Es gibt kein ›wiederum‹ mehr, das ist mein letztes und endgültiges Werk, es ist hier.«

»Entschuldigen Sie, aber ich sehe nichts.«

»Dann suchen Sie es bitte.«

Ich ließ mich auf alle viere nieder und fand im Dunkeln eine Kugel aus Marmor.

»Was für ein Titel?«

»›Etüde zu Ehren des Ping-Pong‹.«

Ich stand auf.

»Ich bedanke mich sehr für das Interview und wünsche Ihnen weiteren Erfolg.«

»Nichts zu danken«, antwortete der Maestro.

Brief nach Schweden

Sehr geehrter Herr Nobel,
ich bitte Sie höflich, mir den Nobelpreis zu verleihen. Meine Bitte motiviere ich folgendermaßen:

Ich arbeite als Buchhalter in einem staatlichen Betrieb und habe als solcher einige Bücher geschrieben: das Eingangsbuch und das Ausgangsbuch, ein Buch mit dem Titel »Bilanz« und das Hauptbuch. Außerdem habe ich gemeinsam mit dem Lagerleiter eine fantastische Erzählung mit dem Titel »Inventarverzeichnis« geschrieben.

Ich glaube, daß Ihnen die Bücher gefallen würden, denn sie sind alle mit viel Fantasie geschrieben, und man kann sich totlachen, es ist echte Satire.

Wenn Sie sie vorher lesen wollen, könnte ich sie Ihnen leihen, aber nicht für lange, weil andere sie auch lesen wollen. Am meisten der Kontrollinspektor, der ist ganz versessen darauf, ich höre ihn schon im Nachbarzimmer.

Im Zusammenhang damit werden Kosten auf mich zukommen, denn er liest meine Bücher, aber vielleicht gefallen sie ihm nicht. Deshalb schreibe ich ja Ihnen, damit Sie mir den Preis schicken und ich meine Kosten decken kann. Bitte schicken Sie ihn an meine private Adresse. Selbst wenn der Briefträger mich nicht anträfe, würde meine Frau ihn entgegennehmen. Ich lasse ihr eine Vollmacht da.

Das würde dann bedeuten, daß ich einen Anwalt brauche... Bitte warten Sie einen Augenblick, Herr Nobel, er ist gerade hereingekommen.

...Er ist schon wieder weg. Wissen Sie

was, Herr Nobel? – Schicken Sie mir lieber zwei Nobelpreise. Sie haben ja keine Ahnung, wieviel teurer alles geworden ist.

Die Eingabe

Höflichst ersuche ich darum, mir die Weltherrschaft übertragen zu wollen. Ich begründe meine Eingabe damit, daß ich der beste, klügste und persönlichste von allen Menschen bin.

Teile auch mit, daß unser Landkreis zu den armen gehört. Sandböden, sonst nichts. Und die Jahrmärkte wurden abgeschafft, weil jetzt die Industrialisierung kommen soll. Auch bei uns im Hause herrscht kein Überfluß, denn der Schwiegersohn muß, von mir ganz abgesehen, für den Lebensunterhalt von acht Personen, darunter zweien, die der Intelligenz angehören, sorgen. Ich habe also weder Geld noch eine Armee, um meiner Bitte Nachdruck zu verschaffen. Deshalb stelle ich auch den Antrag, mich von der Pflicht, Atombomben zu besitzen, befreien zu wollen. Falls erforderlich, kann ich eine entsprechende Bescheinigung des Pfarramtes beschaffen.

Wohl verstehe ich, daß es unter diesen Umständen nicht einfach sein wird, mir die Macht in die Hand zu geben. Ich hege jedoch die Hoffnung, daß sowohl der begeisterte Wille der Völker als auch die Entwicklung der Geschichte meine Bitte unterstützen. Außerdem baue ich auf die göttliche Vorsehung.

Vor allem bin ich, wie bereits erwähnt, besser als alle anderen Menschen. Vielleicht gibt es welche, die dem widersprechen und behaupten, sie selbst seien besser. Aber solche Behauptungen haben keinerlei Gewicht; denn sie sind nicht ich, woher sollen sie also wissen, wie gut ich bin?

Ich meine, es wäre für alle besser, wenn ich in der Welt der Oberste wäre. Da ich op-

ferwillig bin, kann ich mich mit einer solchen Aufgabe befassen. Solange ich jung war, habe ich allerlei angestellt, aber jetzt habe ich meinen Weg gefunden und könnte auch andere führen.

Wir haben keinen einzigen Panzerwagen. Sogar das Sieb ist kaputt, und die Tochter tut sich daher mit den Nudeln sehr hart, die Arme. Aber was bedeutet das schon? Schließlich regiert man die Welt, weil man der Beste ist, und nicht, weil man eine Armee hat. Niemand möchte regieren, weil er eine Armee hat, sondern immer nur, weil er der Beste ist. Meine Aussichten sind also ebensogut, ja sogar besser, denn ich habe keine Armee und bin wirklich der Beste. Wozu brauche ich ein Kriegsschiff? So etwas kostet nur Geld, außerdem stünde es zu Hause im Wege herum, vor allem jetzt, wo die Tochter schon wieder guter Hoffnung ist.

Es geht mir nicht um mich, sondern allein um die Menschheit. Wenn ich mich manchmal im Gärtchen hinter dem Haus verstecke – das Gärtchen gehört nämlich, Gott sei Dank, noch uns – und Johannisbeeren zupfe oder ganze Hände voll abreiße, dann stößt mich plötzlich etwas wie mit einem Finger. Da sitzt du in den Johannisbeeren, und dort ist die Menschheit! Dann möchte man alles hinwerfen und wegeilen, um die Herrschaft anzutreten.

Gestern hat mich der Schwiegersohn eingeschlossen, weil er sagt, ich esse zuviel. Ich habe also etwas Zeit und schreibe, was ich schon lange schreiben wollte. Nur sind immer so viele Fliegen im Tintenfaß ertrunken, daß es unangenehm war, die Feder einzutauchen. Erst jetzt, im Herbst, ist es etwas besser damit.

Ich habe Glück, daß ich in mir bin und kein anderer nicht ich ist. Ein schrecklicher Gedanke, daß ein anderer ich sein könnte und dann auf mich schaute und nicht wüßte, wie ich bin.

Der Schwiegersohn ist gekommen. Ich verstehe ja, daß alles teuer ist, aber muß man immer gleich hauen?

Eine zustimmende Antwort auf meine Eingabe erwartend, bin ich …

Aus dem Tagebuch eines Emporkömmlings

Ich hatte nur ein Ziel im Leben: daß der Fürst mich zum Ball einlädt.

Nach vielen Jahren der Bemühungen gelang es mir, dieses Ziel zu erreichen. Ich erhielt eine Einladung, gedruckt mit vornehmen Lettern auf vornehmem Papier. »Gibt sich die Ehre…«, dann und dann… da und da…

Als der Tag und die Stunde gekommen waren, begab ich mich zu der angegebenen Adresse. Es dämmerte. Ich saß in der Taxe, schloß die Augen und sah mich die Treppe des Palastes emporschreiten, ich hörte das Stimmen der Orchesterinstrumente, dann, an der Schwelle des Saals voller Licht und schöner Frauen, wurde vom Maître d'hôtel laut mein Name angekündigt.

Die Taxe hielt an. Ich bezahlte, stieg aus und ging auf den Palast zu.

Es stellte sich heraus, daß der Taxifahrer mich vor einer öffentlichen Toilette abgesetzt hatte. Vom Palast keine Spur. Ich war empört über diesen nichtswürdigen Menschen, ich dachte, er hätte sich in der Adresse geirrt. Ich überprüfte sie. Aber das war kein Irrtum. Hatte also vielleicht ein bösartiger Mensch mir eine falsche Einladung geschickt, war das alles ein grausamer Scherz?

Aber vielleicht... Vielleicht war die Einladung echt, und die Bälle finden nicht mehr in Palästen statt? Die Zeiten haben sich geändert, wir leben in Zeiten der Widerspenstigkeit, der Selbstironie und der Parodie. Der Fürst ist zu intelligent, zu raffiniert, um nicht mit dem Zeitgeist zu gehen oder ihn sogar zu überholen. Und nur ich habe, naiv wie ich bin, altmodische Vorstellungen vom Leben der höheren Kreise.

Ich schlug mir an die Stirn. Aber ja! Was für ein Einfaltspinsel ich bin! Es hätte nicht viel gefehlt, und ich hätte mich im höheren Stil nicht ausgekannt und mich nicht niveaugemäß verhalten. Haben sie damit vielleicht gerechnet? Hehe, sie wissen nicht, mit wem sie es zu tun haben.

Und kühn, mit der blasierten Miene eines Mannes von Welt, betrat ich das Pissoir.

Ungerechtigkeit

In der Zeitung las ich eine Nachricht, die mich empörte.

Es geht nämlich um Elefanten. Bedroht von der modernen Zivilisation, werden sie in Kürze gänzlich aussterben, wenn man sie nicht unter Naturschutz stellt. So einen Naturschutz hatte man beschlossen, und genau das empörte mich.

Denn sollte man Elefanten schützen? Der Elefant ist ein prähistorisches Tier, ein Sohn des Mammut, und ist das Mammut nicht das Symbol des Rückschritts? Weckt nicht schon das Wort Mammut in uns eine nachsichtige, wenn nicht gar verächtliche Fröhlichkeit etwas oder jemandem gegenüber, der hartnäckig an den alten Sitten festhält, sich den Veränderungen, das heißt dem Fortschritt widersetzt, bis er völlig zu Recht dafür bestraft wird und zur Ausgrabungsstätte wird? Wenn es dem Elefanten in unserer Gegenwart nicht gefällt, dann soll er doch untergehen. Warum können sich andere Tiere, wie zum Beispiel die Wanze, anpassen, und der Elefant nicht? Hält er sich für etwas Besseres?

Und warum soll ausgerechnet der Elefant geschützt werden? Gibt es etwa wenig andere Gattungen, die aussterben? Niemand kümmert sich um sie, weil alle nur von Elefanten reden. Warum verdient der Elefant besondere Rücksichten, und andere nicht? Weil er einen Cousin im Zirkus hat und einen Schwager im Zoo? Haben sie ihm das auf höchster Ebene ermöglicht? Protektion? Oder haben vielleicht da die Juden ihre Finger im Spiel? Wer weiß, ob der Elefant wirklich Elefant heißt… und nicht Freimaurer?

Ich empörte mich immer mehr und wollte schon öffentlich protestieren, als mir ein besserer Gedanke kam.

Ich werde mir aus einem festeren Material Ohren nähen, am besten aus Nylon, organisiere einen Rüssel und begebe mich nach Afrika, wo ich mich den Elefanten anschließe. Vielleicht bemerken sie nicht, daß ich verkleidet bin, und nehmen mich als einen der ihren auf. Und selbst wenn sie es bemerken, werden sie es verstehen.

Und auf diese Weise werde ich vielleicht irgendwie überleben.

Leserbrief

Hochverehrte Redaktion!

Eines Tages, als ich unter schattenspendenden Bäumen lustwandelte, wehte mir der Wind ein Blatt Papier vor die Füße. Es war mit einer ungleichmäßigen Schrift bedeckt, so als habe sich der Schreibende an einem dunklen, zumindest aber dämmrigen Ort befunden. Es handelte sich um ein Stück aus dem Tagebuch eines Optimisten, eines Menschen also, der nicht nur die trüben Seiten des Lebens wahrnimmt, sondern sich bemüht, vor allem den Lichtblicken gerecht zu werden. Manchmal waren Abkürzungen verwendet, wie dies bei persönlichen Aufzeichnungen üblich ist. Einen Teil des Textes möchte ich Ihnen zur gefälligen Kenntnis bringen:

»Alles läuft ausgezeichnet. Viktor hat mir gestern das Geld zurückgegeben, der Katarrh ist vorbei, Ginas Beinbruch heilt ideal. Auch das Wetter läßt nichts zu wünschen übrig. Nach einer Periode nicht enden wollender Regenfälle leuchtet wieder die Sonne, kommen blaugoldene Tage. Freilich, M. hat wieder gedroht, aber W. meint, das sei nur leeres Gerede. Hauptsache ist, der Onkel ist gestern aus der Sommerfrische zurückgekommen. Er erzählte, so schöne Fernblicke wie dort habe er schon lange nicht mehr gehabt. Er sieht frisch und braungebrannt aus und hat schon seine neue Werkstatt aufgemacht. Das gibt ein Leben! Aber wir wollen nur noch Wein trinken. Soviel ich gehört habe, brachten die Griechen und Römer eine hohe Kultur zustande, ohne den Schnaps zu kennen. Also fort damit! Das Dach wird auch

geflickt; es ist alles schon besprochen. Sabinchen schießt in die Höhe, es reicht der Tante schon bis zur Schulter und hat einen dicken Zopf. Käthe hatte vielleicht Glück! Sie wurde von einem Hund gebissen, und der war nicht tollwütig! Und die Sache mit C. bringen wir auch noch in Ordnung.

Die Lage, in der sich A. befindet, bereitete mir zunächst Kummer. Aber so etwas machen wir nicht zum erstenmal durch, und er selbst sagte mir bei unserer letzten Begegnung, jetzt brauche man nur die Ohren steifzuhalten, und außerdem meinte R., der dort war, es sei alles schon viel besser, und A. stehe ein großer Erfolg bevor.

Das alles macht doch Spaß!

Ich kann bloß eines nicht verstehen. Warum nur tragen mich vier Männer in einer Holzkiste, und ich liege ganz still da, und den Sargdeckel haben sie zugenagelt?«

Soweit das Manuskript.

Mit den besten Wünschen …

Nur die Politik

Als Cäsar Pompeius im Bürgerkrieg besiegt hatte, verkündete er eine Amnestie für alle seine Gegner in Rom. Das war ein Vorgehen, das ebenso von politischer Vernunft wie auch von seiner Großherzigkeit diktiert war. Wenn er mit den Barbaren kämpfte, zögerte er nicht, die grausamsten Mittel anzuwenden, wenn er sie für notwendig hielt, aber im Verhältnis zu seinen inneren Feinden wandte er oft die Methode des Verzeihens an. Er erinnerte sich aus der Zeit seiner frühen politischen Karriere, wie unbarmherzig Sulla seine besiegten Stammesverwandten verfolgt hatte, und zog es vor, nicht in dessen Fußstapfen zu treten. So verzieh er nicht nur allen, die gegen ihn waren, sondern einigen vertraute er sogar hohe Posten in der neuen Regierung an. Unter ihnen gehörten sowohl Gaius Cassius Longinus wie der Republikaner Brutus vorher zu seinen erbittertsten Feinden.

Was nicht heißt, daß von den sechzig Messern, die Cäsar während der Senatssitzung durchbohrten, alle seinen früheren Opponenten und jetzigen Mitarbeitern gehörten. Unter den Verschwörern gab es auch solche Politiker, die ihm vorher stets treu gewesen waren, jetzt aber aus politischen Gründen ihre Meinung geändert hatten.

Trotzdem verwunderte Cäsar am meisten der Dolch, der Brutus gehörte. Vielleicht deshalb, weil er diesem Menschen besonderes Vertrauen entgegengebracht hatte. Er hatte ihm nicht nur verziehen, ihm nicht nur eine große Chance gegeben, sondern er liebte ihn auch persönlich sehr. Einige behaupteten sogar, daß Brutus sein unehelicher Sohn war.

»Auch du, Brutus, gegen mich?« konnte er gerade noch mit einer Stimme fragen, in der ebensoviel Trauer wie Verwunderung lag.

»Aber woher denn? Das ist nur die Politik, das sind keinerlei persönliche Gründe«, erklärte Brutus und stach nochmals mit dem Messer zu. »Ich habe persönlich nichts gegen dich, Papa.«

»Dann entschuldige, ich wollte dich nicht verletzen«, sagte Cäsar und starb.

Der Wächter der chinesischen Vase

In der Hauptstadt des großen modernen Staates befindet sich ein Museum und in diesem Museum eine Abteilung für Östliche Kunst. Von den sehr zahlreichen Ausstellungsstücken gehören manche zu den Raritäten und stellen als solche einen ungeheuren sowohl kulturellen als auch finanziellen Wert dar. Unter den Raritäten ragt ein Unikat hervor, ein einzigartiges Stück, das einzige auf der ganzen Welt. Weil es ein Unikat ist, läßt sich sein kultureller Wert nicht ersetzen und sein finanzieller in Geld nicht ermessen.

Dieses Unikat war eine bestimmte chinesische Vase und ihre Einzigartigkeit deshalb so groß, weil man sie nicht als Ganzes gefunden hatte, sondern in Gestalt von eintausendneunhundertzweiundachtzig Scherben oder eigentlich Bruchstücken. Jedes dieser Bruchstücke wurde einzeln gefunden, während man fünfzehn Jahre lang den Flußschlamm durchsiebte. Man holte den Schlamm vom Grund des großen chinesischen Flusses, trocknete ihn unter speziellen Bedingungen und siebte ihn dann durch besondere archäologische Siebe. Aus den so wiedergewonnenen Bruchstücken erriet man das Ganze, natürlich nicht sofort, sondern nach und nach, im Verlauf der nächsten sieben Jahre. Und noch weitere sieben Jahre mußten vergehen, bis man die Vase, die vor fünftausend Jahren zu eintausendneunhundertzweiundachtzig auf dem Grunde des großen Flusses verstreuten Bruchstükken zerschlagen worden war, wieder zusammenkleben oder so wiederherstellen konnte, wie sie gewesen war.

In Anbetracht seines geradezu unermeßlichen Wertes erhielt dieses Ausstellungsstück einen besonderen Platz im Museum und einen eigenen Wächter. Gewöhnlich geben die Wächter in den Museen auf eine bestimmte Anzahl von Ausstellungsstücken gleichzeitig acht, in diesem Fall war die Aufgabe des Wächters nur, diese einzelne chinesische Vase zu bewachen. Der Wächter hatte somit eine leichtere Aufgabe als seine Kollegen, aber auch eine unendlich verantwortungsvollere.

Gerade wegen der verantwortungsvollen Aufgabe suchte man lange, bis man einen entsprechenden Bewerber auswählte, einen gestandenen Mann, ohne Laster, ausgeglichen, einen glücklichen Ehemann und Vater, ehrlich und mit starkem Pflichtgefühl. Neben die chinesische Vase wurde ein Stühlchen gestellt, auf dem er von nun an sitzen sollte, acht Stunden täglich, sechs Tage in der Woche und elf Monate im Jahr – elf Monate, weil ihm ein Monat Jahresurlaub zustand.

Für die Zeit dieses Monats wurde das Museum geschlossen, um die nötigen Renovierungs- und Reorganisationsarbeiten vorzunehmen.

Das dermaßen streng bewachte Ausstellungsstück – der Wächter ließ es keinen Moment aus den Augen, so lautete seine Aufgabe – war dadurch vor den Gefahren geschützt, die den Ausstellungsstücken in Museen drohen. Ein potentieller Räuber oder Vandale wußte, wenn er sich in der Menge der Besucher der Vase näherte, von vornherein, daß er hier keine Chancen hatte. Die unablässige und wachsame Anwesenheit des Wächters machte jeden Diebstahl oder unberechenbaren Unfug unmöglich. Der Räuber begab sich folglich in andere Regionen, wo er sein Glück versuchen konnte. Sofern sich im Laufe der Jahre im Museum Diebstähle oder Akte des Vandalismus zutrugen, dann nicht in bezug auf die chinesische Vase oder überhaupt auf ihre Umgebung. Die ständige Bewachung bewirkte, daß rund um die Vase maximale und nie durch irgend etwas beeinträchtigte Ruhe herrschte.

Diese Ruhe war der Wachsamkeit des Wächters keineswegs abträglich. Im Gegenteil. Je länger er seinen Dienst versah – es waren schon viele Jahre vergangen, seit er Wächter geworden, und auch die folgenden vergingen –, desto aufmerksamer bewachte er den ihm anvertrauten Schatz, mit desto mißtrauischeren Blicken bedachte er die Besucher. Denn die Erfahrung lehrt, je länger etwas nicht geschieht, desto größer wird die Wahrscheinlichkeit, daß es geschieht. Gleichzeitig aber hörte der unermeßliche Wert der Vase mit dem Ablauf der Jahre, in denen niemand ein Attentat auf sie versuchte, nicht auf, unermeßlich zu sein, sondern wuchs, gleichfalls im Gegenteil, nicht in Zahlen, denn das Unermeßliche oder Unendliche kann nicht wachsen, nur an Kraft der Legende und des Mythos. Denn je länger die Unberührtheit des Mythos dauert, desto mehr wächst er, und nur die Profanierung kann das Wachstum des Mythos anhalten. Deshalb maß man dieser chinesischen Vase als kulturellem und materiellem Wert immer größere legendäre Bedeutung bei.

Der Wächter der unschätzbaren Vase näherte sich langsam dem Rentenalter. Er führte weiterhin ein glückliches Familienleben, man hatte ihn in Anerkennung seines jahrelangen untadeligen Dienstes befördert, und dank seiner Sparsamkeit – bekanntlich war er ein Mensch ohne Laster – hatte er es zum Eigentümer eines Häuschens mit Garten gebracht.

Schließlich kam der letzte Tag seines Dienstes, bereits am nächsten Tag sollte er seine Stelle der nächsten Generation übergeben und in den Ruhestand treten. Im Empfangssaal wurden Vorbereitungen für eine Feier getroffen. Am Abend sollte der verdiente Mitarbeiter verabschiedet werden. Man wollte

ihm eine Medaille und eine Anerkennungsurkunde überreichen, worauf ein Festessen in Anwesenheit der Direktion, von Vertretern des Ministeriums und der Kollegen stattfinden sollte. Wie gewöhnlich bezog er seinen Posten, doch zum ersten Mal befiel ihn das Gefühl, daß etwas Außergewöhnliches passieren würde. Denn sein sechster, in dreißig Dienstjahren entwickelter Wächtersinn sagte ihm, heute werde sich etwas ereignen, was sich noch nie ereignet hatte. Seine Unruhe war deshalb verständlich. Er befürchtete, gerade heute, da er zum letzten Mal seine Pflicht erfüllte, diese Pflicht, die er dreißig Jahre lang untadelig erfüllt hatte, werde jemand die Hand gegen das von ihm geschützte Heiligtum erheben und seine gesamte Karriere verderben, falls er dieses Sakrileg nicht verhindern könnte.

Er verstärkte seine gewohnte, in so vielen Jahren geübte und gesteigerte Aufmerksamkeit bis zum letzten. Sein Blick durchbohrte geradezu jeden, der sich dem Heiligtum näherte, er sah jeden Schritt und jede Bewegung voraus, kam jedem Geräusch und beinahe jedem Atemzug zuvor. Er erstarrte in unablässiger Bereitschaft, beim geringsten Anzeichen von Gefahr aufzuspringen, Schlimmes zu verhindern, zu unterbinden und unmöglich zu machen. Wie langsam vergingen die Sekunden der vielen, vielen Stunden. Doch je länger nichts passierte, desto mehr wuchs seine Überzeugung, am Ende müsse etwas geschehen.

Schon war es später Nachmittag, schon dämmerte es, und das Ende der Qual nahte. Inzwischen jedoch hatte sich seine Vorahnung eines ungewöhnlichen Geschehnisses in Gewißheit verwandelt, und als die Glocke ertönte, die dem Publikum verkündete, es sei Zeit, das Museum zu verlassen, konnte er nicht glauben, daß der Tag vergangen und nichts passiert war. Weder heute noch in den letzten dreißig Jahren.

Er konnte es bis zum letzten Augenblick nicht glauben, auch dann nicht, als der letzte Besucher durch die ferne Tür verschwand, und dann, als er im Museumssaal allein blieb, allein vor der weiterhin unberührten, unversehrten und unschätzbaren chinesischen Vase.

Sie zu zerschlagen war leicht. Er schaffte es mühelos im Laufe weniger Sekunden mit Hilfe seines Spazierstocks. Er litt seit einiger Zeit an Rheumatismus und benutzte einen dicken Stock. Nachdem er das Ausstellungsstück in eintausendneunhundertzweiundachtzig Scherben zerschlagen hatte, multiplizierte er diese Zahl noch mit drei und zermalmte jedes Bruchstück extra mit seinen Absätzen. Anschließend verließ er das Museum durch einen Seitenausgang, ohne daß ihn jemand bemerkte.

Er entfernte sich in dem Bewußtsein, daß sein Leben nicht ohne Sinn abgelaufen sei. Denn wie sich nun herausstellte, war seine dreißigjährige Wachsamkeit voll begründet gewesen. Die Gefahr, der er hatte entgegenwirken sollen, hatte sich als real erwiesen. Außerdem fühlte er sich frisch, wie verjüngt. Und nicht nur um dreißig, sondern um fünftausend Jahre.

Die Antiquität

Ich ging in ein Antiquitätengeschäft und entdeckte in einer Ecke eine Figur, die einen jungen Mann mit Bart in natürlicher Größe darstellte. Die Figur stand zwischen einer Empire-Uhr und einer Vase aus der Ming-Epoche.

»Aus Wachs oder aus Elfenbein?« fragte ich den Geschäftsinhaber.

»Weder das eine noch das andere. Das ist ein lebendiger Revolutionär aus dem Ende des zwanzigsten Jahrhunderts, authentisch. Vielleicht kaufen Sie ihn?«

»Kostet so ein Revolutionär viel?«

»Ach was, ich geb' ihn spottbillig her, jetzt

sind die Revolutionäre sehr preiswert geworden. Ich habe noch zwanzig im Magazin. Ehrlich gesagt, als Antiquität hat er fast keinen Wert wegen des übermäßigen Angebots.«

»Und weshalb schlagen Sie ihn mir vor?«

»Weil er vielleicht einen Gebrauchswert hat, wenn Sie so wollen.«

»Und was für einen Nutzen soll er haben?«

»Sie stellen ihn zu Hause hin, und er wird Sie revolutionieren.«

»Was heißt das?«

»Er wird Ihnen das Geschirr zerschlagen, die Klinken rausreißen, den Teppich im Salon beschmutzen... Ganz normal, eben wie ein Revolutionär.«

»Und das nennen Sie nützlich? Das sind doch nur Schäden!«

»Ja, langweilen Sie sich nicht im Leben? Na, gestehen Sie es nur!«

Ich schloß die Augen. Und in meiner Fantasie sah ich das Geschirr in der Küche wie immer ordentlich auf den Regalen stehen, die Klinken in den Türen, ewig an demselben Ort, der Teppich im Salon stets blitzsauber... Tatsächlich, was für ein Mangel an Perspektiven, was für eine Langeweile...

»Gut, ich nehme ihn.«

»Einpacken?«

»Nein, er wiegt ja wenigstens siebzig Kilo, er kann selber laufen.«

Er verprügelte mich gleich auf der Straße. Und ich spürte sofort, daß in meinem Leben etwas passierte.

Umfrage

Ich kam aus dem Supermarkt, da fragte mich das Fernsehen: »Gibt es einen Gott oder nicht?«

»Das sage ich Ihnen gleich«, sagte ich zu dem mit dem Mikrofon. »Ich kämme mich nur mal.« Ich zog einen Kamm aus der Tasche und kämmte mich. Dann fiel mir ein, daß ich einen Pickel auf der Nase hatte.

»Vielleicht ist es besser im Profil?« sagte ich zu dem mit der Kamera.

Ich stellte mich im Profil zur Kamera.

»Und wenn ich nun schnell nach Hause liefe und mich etwas kleidsamer anzöge? Ich wohne nicht weit weg.«

Sie antworteten nicht. Ich drehte mich also um und sah, daß sie schon gar nicht mehr da waren. Jetzt befragten sie bereits irgendeine Frau.

Ich wollte mich dazwischenschieben, dieses Weib wird mir doch nicht meinen Auftritt im Fernsehen vermasseln, aber ich hatte die Frage vergessen, und so ging ich nach Hause.

Gesundheitswesen

Es erwies sich als notwendig, mir den Blinddarm zu entfernen. Ich füllte die entsprechenden Formulare aus, und man schrieb mich in die Warteliste ein.

Zwei Jahre vergingen wie im Fluge, dann kam ich an die Reihe und fand mich im Krankenhaus wieder.

Die Operation gelang vorzüglich. Der Chefarzt selber gratulierte mir zu den Ergebnissen. »Das war ein schöner Eingriff, meine Dame«, sagte er.

Ich machte ihn darauf aufmerksam, daß ich männlichen Geschlechts bin. Er überprüfte was in seinen Papieren.

»Sie waren es, vor der Operation. Durch einen Irrtum sind Sie auf die Experimentierstation gekommen, gegenwärtig sind Sie eine Frau. Die Geschlechtsumwandlung ist ein Pionierzweig der Chirurgie, aber wir haben ausgezeichnete Resultate, wofür Sie, liebe Dame… lieber Herr…?, ein Beweis sind.«

»Und was ist mit dem Blinddarm?«

»Wollten Sie den nicht behalten, gute Frau?«

»Nein. Ich möchte auch keine Frau bleiben, ich bitte Sie, dieses Mißverständnis sofort zu korrigieren.«

»Sie sind, mein lieber Herr, meine liebe Dame…?, ein schwieriger Patient. Na gut. Was wollen Sie, liebe Dame, zuerst, die Männlichkeit oder den Blinddarm?«

»Das, was schneller geht.«

»Bitte füllen Sie die Formulare zweifach aus.«

Die Zeit verging schnell, und die nächste Operation gelang ebensogut wie die vorherige. Die neue Niere funktionierte hervorragend, nur daß ich jetzt drei hatte, zwei eigene und eine verpflanzte. Aufgrund eines Irrtums in der Computerprogrammierung hatte man mich in den falschen Operationssaal gebracht. Ich war kaum zu mir gekommen, als ich schon Formulare in Sachen Nieren ausfüllte, die man zu den anderen legte.

Ich war schon kein junges Mädchen mehr, als ich die Nachricht erhielt, daß im Krankenhaus ein Platz frei sei und ich an der Reihe mit einer Nierenoperation sei. Es ging um die Entfernung von nur einer Niere, aber ich fand mich auf der Wöchnerinnenstation als Neugeborenes wieder. Es war der Zentralen Verwaltung des Gesundheitswesens ein Irrtum unterlaufen, aber die Eltern protestierten nicht. Ich war schon ein ausgewachsenes Kind, und sie sparten die Kosten für die Ausbildung, daher zogen sie es vor, mich als ihr eigenes anzuerkennen. Was mich betrifft, so hatte ich genug vom Ausfüllen von Formularen und ergab mich in mein Schicksal.

Die Beziehungen zwischen mir und meinen Eltern sind sehr gut. Die einzige Sorge, die ich ihnen bereite, ist mein Blinddarm, der mir immer noch zu schaffen macht. Sie wollen mich in ein Krankenhaus überweisen, um den Blinddarm herausoperieren zu lassen. Das trifft sich gut, denn ich habe den Verdacht, daß sie trotz allem lieber einen Jungen als ein Mädchen haben wollen.

Der Fan

Mein Onkel lag im Sterben. Das Telegramm war eindeutig. »Liege im Sterben – Onkel.«

Von lakonischer Kürze, eines plutarchischen Helden würdig. Dabei war mein Onkel nur ein vereinsamter Pensionär, ehemals einfacher Lehrer, Abc-Experte sozusagen. Aber, aber... Sollte ich meinen Onkel etwa nicht für voll nehmen?

Im Zug fiel mir ein, daß er das Telegramm nicht persönlich hat aufgeben können, wenn er im Sterben lag. Offenbar hat er auf dem Sterbelager jemandem den Text diktiert.

Ist ja auch egal. Nur wenige wissen, wann

sie im Sterben liegen, nur wenige informieren darüber in dieser ausgesuchten Form. Ohne Illusion, ohne einen Schimmer Hoffnung.

Noch nie bin ich in dem Städtchen gewesen, in dem der Onkel lebte und sich jetzt ins Sterben ergab. Und niemals wäre ich dort hingekommen, wenn der Onkel ewig leben würde. Vom Bahnhof ging ich schnurstracks zur angegebenen Adresse. Ein Flachbau mit Garten in einer Nebenstraße. Im Städtchen gab es nur Nebenstraßen.

Der Onkel lag in einem Federbett, daneben saß auf einem Hocker ein Mann im Alter des Onkels, in einem langen und abgetragenen Mantel, einem sogenannten Paletot. Bereits auf den ersten Blick konnte ich feststellen, daß der Onkel weniger im Sterben lag als vielmehr in Auflösung begriffen war. Keine Spur von Leiden, nichts Dramatisches. Nicht einmal Bewußtsein, geschweige denn Überbewußtsein. Der Onkel beschloß sein Leben auf eine für die Umwelt und sicher auch für ihn bequeme Art und Weise. Augenscheinlich war das Testament abgefaßt worden, bevor er das Bewußtsein verloren hatte.

Der Onkel erkannte mich nicht, der Mann dagegen erhob sich vom Schemel und stellte sich vor. Das heißt, er nannte seinen Namen, der, wie jeder Name, keinerlei Bedeutung besaß.

»Haben Sie mein Telegramm erhalten?«

Eine rhetorische Frage.

Schon seit langem muß er beim Onkel gewacht haben. Ohne den Paletot abzulegen, denn im Zimmer war es kalt. Theoretisch herrschte zwar Frühling, aber praktisch fiel herbstlicher Regen. Eine höfliche Natur gab dem Onkel zu verstehen, daß kein Anlaß zum Nachtrauern bestehe. Auf dem Tisch lagen auf einem Stückchen Papier Wurstreste. Pellen gab es bei weitem mehr als Wurst, ein Zeichen, daß der beim Kranken Wachende schon längere Zeit daran aß.

Wir saßen fast wortlos nebeneinander. Als Neuankömmling stand ich unter dem Eindruck des Todes, bereit, mich auf Ernst und Schrecken einzustimmen. Dieser Mann da hatte sich offensichtlich daran gewöhnt. Von Zeit zu Zeit ließ er Höflichkeitsfloskeln fallen. ›Es regnet immer noch‹, oder: ›Das gießt aber, was?‹ Anfangs nahm ich Anstoß daran. Nach einigen Stunden verging mir das. Ich begann Hunger zu verspüren. Der Onkel lebte noch.

Obwohl daran gewöhnt, wirkte er keineswegs gelangweilt. Im Gegenteil, er schien sogar angeregt zu sein. Ich hätte mich nicht gewundert, wenn seine Erregung, wie es sich gehörte, von Trauer und Schmerz gezeichnet gewesen wäre. Es war aber eine Lebhaftigkeit in ihm, die sich nur schwerlich mit Trauer in Verbindung bringen ließ. Der Onkel lag so monoton da, daß ich dem Gesicht des Mannes mehr Aufmerksamkeit widmete als dem Onkel. Der Mann merkte das, denn er verlieh sich einen Ausdruck gesammelter Trauer. Er kam aber damit nicht zurecht. Als ob er über sein Gesicht mit aller Macht eine zu enge Maske ziehen wollte.

Es wurde schon schummrig, und der Mann knipste das Licht an, wodurch er die Stube in grelle Armut und Häßlichkeit tauchte, die ich in der sanften Dämmerung schon fast vergessen hatte. Eine Kerze wäre hier eher am Platze gewesen, aber dem Onkel schien das keinen Unterschied zu machen. Eine Glühlampe an der Decke oder eine Wachskerze am Bettende, er befand sich bereits jenseits solcher Subtilitäten. Mir selbst wäre aber eine Kerze lieber gewesen.

»Vielleicht sollte man eine Kerze kaufen?« schlug ich vor.

»Bei Kerzenlicht ist es zu dunkel«, antwortete er mit lebhafter Stimme.

Wir kamen von der Beerdigung. Es hatte sich aufgehellt, was nicht heißt, daß es nun hell war. Nur der Regen hatte aufgehört, und der bleischwere Himmel war zu einem bleilichten geworden. Ich verspürte eine Leere in der Magengrube und in der Seele, als ob ich eine schwere Arbeit beendet, aber die nächste noch nicht angefangen hätte. Mein Zug ging erst in einer Stunde.

Ich lud ihn auf ein Bier ein. Es gehörte sich so, aber ich hatte sogar Lust darauf. Um die Zeremonie abzurunden. Bevor sich nach zwei beim Onkel gemeinsam verbrachten Tagen und einer Nacht unsere Wege trennten.

Oh, du Geruch von saurem Bier in einer Provinzkneipe, oh, du meine in der Provinz verbrachte Jugend.

Wir setzten uns an die Theke. Es tut gut, nach einer Beerdigung zu sitzen. Die Füße schmerzen zwar, aber angenehm.

Hinter der Theke hing eine eingerahmte Fotografie, die Fußballmannschaft des Ortes, ein Gegenstand der Verehrung.

Ich fragte ihn über meinen Onkel aus.

Zu meinem Erstaunen wußte er nur wenig zu sagen. Sie waren nicht, wie ich glaubte, Freunde gewesen, ja nicht einmal nähere Bekannte.

Ich mußte mich noch bei ihm bedanken, daß er als nahezu Fremder bis zuletzt beim Sterbenden ausgeharrt hatte. Er wäre doch dazu nicht verpflichtet gewesen.

»Wofür?« fragte er, als ich ihm meinen Dank aussprach. »Das Ergebnis stand ja von vornherein fest.«

Sein Gesicht aber zeigte Befriedigung.

Der Zug war überfüllt mit Fans, die von einem Auswärtsspiel zurückkehrten. Ihre Mannschaft hatte gewonnen. Jetzt gaben sie lautstark ihrer Freude Ausdruck. Tuten, Trillerpfeifen, Rufe…

Ihre Gesichter zeigten Befriedigung.

Schichtkuchen

Vorsichtig entfernten wir die dünne Schicht vulkanischer Asche, unter der sich etwas befand. Es erschien die Form eines menschlichen Kopfes mit Brille. Dank der Eigenschaften des vulkanischen Bodens war er hervorragend erhalten, wie ein Gipsabdruck.

»Das ist wohl ein Japaner«, schätzte der Professor, der der bedeutendste Archäologe des 46. Jahrhunderts war.

Wir entblößten den Ex-Japaner bis zum Gürtel. In den versteinerten Händen hielt er einen versteinerten Fotoapparat. »Stimmt«, sagte der Professor, »Dynastie Nikon, Modell mit Laserautomatik, spätes 31. Jahrhundert.«

Anderthalb Meter unter dem Japaner fanden wir einen versteinerten dicken Mann in kurzen Hosen, ebenfalls mit einer Kamera.

»Asai, erste Hälfte 27. Jahrhundert.«

»Das heißt, auch ein Japaner.«

»Nein, der Apparat ist japanisch, der Mensch nicht. Das ist ein Europäer, vermutlich aus Bayern.«

Drei Meter tiefer eine Überraschung. Ein ganzer Autobus, zweistöckig, mit einer chemischen Toilette. An die sechzig Mann saßen da und fotografierten aus dem Fenster mit japanischen Apparaten. Der Autobus, die Passagiere, die Apparate, alles war versteinert. Der Professor rieb sich die Hände.

»Der größte Fund aus der Ära des späten Demokratos, den ich kenne. Ein unschlagbarer Beweis, daß im Norden unter der Schicht des Industriemülls osteuropäischer Herkunft einst eine Zivilisation bestand, die skandinavisch genannt wird.«

»Woher wissen Sie das?«

»Das ist ganz einfach. Der Autobus hat ein Stockholmer Kennzeichen.«

Unter den Ausflüglern fanden wir jemanden, den der Professor als Ankömmling aus Detroit, Michigan, USA identifizierte, Ende des 20. Jahrhunderts. Das fand er mittels deduktiver Methode heraus. Die Ausgrabungsstelle ließ sich als nichts anderes identifizieren, also konnte es nur das sein, wenn nicht etwas ganz anderes. Außerdem gab es Spuren internationaler Verschuldung in der vorderen Furche.

Der Amerikaner hielt mit beiden Händen einen japanischen Fotoapparat fest.

»Hier ist noch eine zusätzliche Hand«, bemerkte ich.

»Wo?«

»In seiner hinteren Tasche.«

Wir entfernten die Asche. Die Hand gehörte zu einem jungen Mann südländischen Typs, ebenfalls versteinert.

»Typisch für die mediterrane Kultur«, behauptete der Professor. »Die ausgebeulte Tasche weist darauf hin, daß ein Portemonnaie in der Tasche war. Das Ganze ist ein Beweis, daß sich die Katastrophe blitzschnell ereignete. Was halten Sie von all dem?«

»Ich denke, daß sie verschüttet wurden.«

»So ist es, in Zeitabständen, die dem nächsten Ausbruch des Vesuv entsprachen. Erst der Amerikaner am Ende des 20. Jahrhunderts. Dann nacheinander der Rest, die letzte Katastrophe fand vor tausendfünfhundert Jahren statt.«

»Aber was ist unter dem Amerikaner?«

»Pompeji. Eine antike römische Stadt aus dem 5. Jahrhundert der vorchristlichen Ära, die von einem Ausbruch des Vulkans in dem ersten Jahrhundert dieser Ära vernichtet wurde. Im 17. Jahrhundert entdeckt, wurde sie schon im 19. Jahrhundert zu einer Touri-

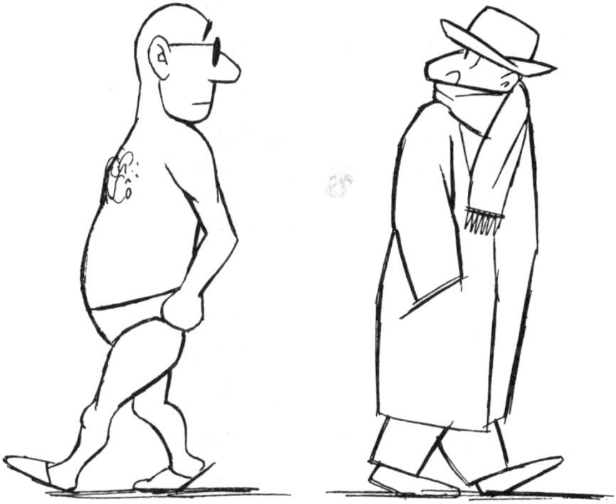

stenattraktion. Der Tourist aus Amerika hat Pompeji am Ende des 20. Jahrhunderts fotografiert, als der Vesuv wieder ausbrach und den Amerikaner verschüttete. Es vergingen Jahrhunderte, und man grub den Amerikaner aus, der wiederum zu einer Touristenattraktion wurde. Bis diejenigen, die ihn später fotografierten, wieder verschüttet wurden. Man fand sie nach einiger Zeit, und neue Touristen haben sie wieder fotografiert. Die wurden wieder verschüttet. Einer der Touristen, die beim letzten Mal verschüttet wurden, war dieser Japaner. Der Vesuv ist seit fünfzehnhundert Jahren nicht mehr ausgebrochen. Aber was machen Sie denn da?«

»Ich fotografiere. Schließlich hat diese letzte Attraktion noch niemand fotografiert. Ich werde der erste sein.«

Aber bevor mir der Professor den Apparat aus der Hand reißen konnte, spie der Vesuv seine erste Rauchwolke.

Routine

Ich bin Feuerwehrhauptmann. Zu meinen Pflichten gehört es, Brände zu löschen und Personen zu retten, die Selbstmord begehen möchten.

Ihre Zahl nimmt zu. So sieht meine Routine aus:

Wir erhalten die Meldung, daß in der Sowiesostraße Nummer soundsoviel jemand die Absicht hat, aus einem hochgelegenen Stockwerk, meistens sogar vom Dach herunterzuspringen. Wir fahren hin. Keine Mühe, das Haus zu finden, eine beträchtliche Menschenmenge schaut bereits nach oben.

Auf dem Gesims steht der Selbstmörder.

Wir stellen die Leiter an, ich steige hinauf. Je höher, desto vorsichtiger, um ihn nicht zu erschrecken. Das heißt, damit er nicht springt, bevor wir ihn retten können.

Meiner Meinung nach braucht man das nicht zu befürchten. Er wartet ja gerade auf mich. Er hätte ja sogleich springen können, nicht nur vor unserer Ankunft, sondern sogar bevor sich die Menge versammelte. Er hätte zehn-, zwanzigmal springen können, ehe jemand ihn bemerkte. Aber nein, er wartet auf die Menschenmenge und anschließend auf uns. Erst dann beginnt die Vorstellung.

Ich steige also die Leiter hoch, immer näher zu ihm, und tue so, als wäre mir unerhört viel daran gelegen, daß er einverstanden ist, am Leben zu bleiben. Das erwartet er ja von mir, dafür werde ich bezahlt. Außerdem – wenn ich weniger so täte als ob, wäre das unten versammelte Publikum mit mir weniger zufrieden.

Heute bin ich schlechter Laune, dazu das

ekelhafte Wetter, kalt, windig, vor allem hier oben. Hätte ich mir die warme Unterwäsche angezogen, wäre ich vielleicht in besserer Form. Bei schönem Wetter fällt es leichter, den Dummkopf zu spielen. Nicht aber, wenn der Wind dir bis ins Mark dringt. Außerdem werde ich älter, wie oft habe ich schon diese Rolle gespielt!

Ich nähere mich ihm langsam, und er tut wie gewöhnlich, als ob: Noch einen Schritt, und ich springe! Ein Typ ähnlich den früheren, schlampig, ärmlich, mit stumpfem Gesichtsausdruck. Dieses Vergnügen ist die Spezialität der Debilen. Leute, die Grips im Kopf haben, bringen sich ohne solche Zeremonien und wirklich um.

Ich weiß, was ich jetzt zu tun habe. Anhalten und zu ihm sprechen, mit möglichst sanfter Simme. Ihn beruhigen, ihm auseinandersetzen, wie schön das Leben und wie sehr uns allen daran gelegen sei, daß er lebt. Mir persönlich, denen da unten und überhaupt der ganzen Gesellschaft. Ganz besonders liegt uns daran, daß noch ein Trottel in der Welt herumgeistert und die Luft verpestet!

Und die da unten tun auch so. Sie sind ihrer Wege gegangen, ein Tag wie alle anderen, Langeweile. Und nun erleben sie dieses Schauspiel. Der Selbstmörder auf dem Gesims. Fast springt er schon – Sensation. Natürlich wissen sie, daß die Feuerwehr kommt und die Rettung stattfindet und sonst nichts weiter daraus wird. Aber sie hoffen bis zum Schluß, daß er doch springt. Sie wissen, daß alles ohne Effekt endet wie immer, trotzdem... Sie denken, vielleicht diesmal... Vielleicht rutscht er aus oder... Vielleicht bricht das Gesims ab... Sie können nur mit einem Zufall rechnen, folglich warten sie darauf. Und ich muß mich bemühen, daß sie nicht enttäuscht sind von der Vorstellung, aber enttäuscht werden in dem, woran ihnen am meisten gelegen ist. Widerwärtig!

Wir tun darum alle so. Der Selbstmörder, als wollte er sich umbringen, obwohl es genau umgekehrt ist. Er möchte ein Held sein, auf sich aufmerksam machen, ein Publikum haben, und man soll über ihn in der Zeitung schreiben. Vor allem möchte er leben, und deshalb tut er so, als wollte er nicht. Die Menge tut so, als fürchtete sie sich vor dem Gräßlichen, das geschehen soll, und rührt sich nicht von der Stelle, um zu sehen, wie es nicht geschieht. Ausgerechnet! Im Grunde wünscht sie nichts so sehr, wie etwas Aufregendes zu sehen. Seit die öffentlichen Hinrichtungen abgeschafft wurden, gibt es für die Menge keine andere Chance. Und ich tue so, als glaubte ich dem Selbstmörder und glaubte denen da unten, und ich muß so handeln, als wüßte ich nicht, um was es ihm und denen in Wirklichkeit geht. Zu ihrem Vergnügen muß ich mich dümmer stellen, als ich bin.

Ich nähere mich ihm auf der Leiter, und kaum bin ich nahe bei ihm, aber noch nicht zu nahe, macht er einen Schritt hin zum Rand, als wollte er springen, ehe ich ihn aufhalten kann. Jetzt muß ich haltmachen und mit meiner Nummer beginnen. Folglich mache ich halt. Unten sind schon die Journalisten eingetroffen und fotografieren uns. Die Fernsehwagen sind da, die Kameras laufen. Die Verkäufer von gebrannten Mandeln sind gleichfalls gekommen und die Händler mit Brötchen. Sie wissen, daß sie ein gutes Geschäft machen werden, denn das Grauen macht dem Publikum Appetit. Ich aber habe heute fast nichts gegessen, denn morgens früh bringe ich nichts herunter, es ist noch recht zeitig, überhaupt fühle ich mich vormittags nicht besonders wohl. Auf den Fotos und im Fernsehen sieht man mich von hinten, ich bin hier nur der Schauspieler Nr. 2, der auf dem Gesims ist die Nr. 1. Im übrigen bin ich in dieser Vorstellung schon so oft aufgetreten, daß sie mir gleichgültig geworden ist und mir überhaupt nichts mehr daran liegt. Außerdem bin ich ein ganz gewöhnlicher Feuerwehrmann, technisches Personal, Bedienung, ich tue nur, was ich zu tun habe. Der wirkliche Star ist der auf dem Gesims, mit dem Gesicht zur Kamera.

Doch was hilft's, man muß anfangen. So fange ich an mit meinem Zureden. Ich wende mich so sanft wie möglich an ihn: »Hallo, Mann! Einen Moment mal, was wollen wir da gerade tun?«

Der da schmollt scheinbar, macht einen Schritt vorwärts, geht nicht zurück, aber auch nicht mehr weiter. Anscheinend hört er nicht auf mich, aber natürlich wartet er doch auf die Fortsetzung. Ich will nicht behaupten, er habe darin Übung, aber jeder von ihnen, auch wenn er's zum ersten Mal macht, benimmt sich wie ein Fachmann. Punkt für Punkt wie nach einer Vorschrift.

»Verstehe, verstehe, selbstverständlich haben wir Gründe. Doch wir wollen lieber gemeinsam überlegen...«

Was denn nur überlegen, verdammt? Alles ist klar. Aber ich habe eine Anweisung, und die Anweisung sagt: Zeit gewinnen! Alles möglichst hinziehen, angeblich, damit er weich wird und seinen Entschluß aufgibt, in diesem Augenblick, und dann selbst herunterklettert, falls er nicht von bester Qualität ist, oder meine Leute ihn oben schnappen, falls er erstklassige Spitze ist. Darin liegt die Kunst des gesamten Teams: Je näher der ›letzte Augenblick‹ kommt, desto schöner wird es, vor allem im Fernsehen. Es gibt großartige Talente, die, wenn wir sie schnappen, beinahe schon fliegen. Doch sie gehören zu den seltenen Ausnahmen wie eben jedes große Talent.

Er hat die Stirn gerunzelt, schmollt und tut so, als hörte er nicht auf mich. Aber natürlich wartet er nur auf meinen nächsten Satz. Ich räuspere mich, weil ich schon seit gestern erkältet bin – und hier, im achtzehnten Stockwerk, zieht es auch noch –, und fahre fort, so vorsichtig, so süß ich nur kann.

»Denk an deine Familie und deine Freunde, und wenn du keine Familie hast, denk...«

Ich denke daran, woran er noch denken soll. Gewöhnlich überlege ich mir das nicht, ich kann es ja auswendig, heute aber ist es mir entfallen. Eigentlich nicht entfallen, es sitzt mir irgendwo im Kopf, hat aber selbst verstanden, wie dumm es ist, und schämt sich herauszukommen. Das mit der Familie und den Freunden ist schon dumm genug. Was denn, wenn er gerade um derentwillen diese ganze Geschichte aufführt? Aber sagen muß man es. Folglich sage ich es, um Zeit zu gewinnen.

»Es weht heute mächtig, wie?«

Zum ersten Mal hat er mich etwas bewußter angeblickt. Offensichtlich hat er das nicht erwartet, ich bin aus der Rolle gefallen. Ein Fehler. Um mich zur Ordnung zu rufen, macht er noch einen halben Schritt vor zum

Rand. Sein Fuß hängt über dem Abgrund. Doch ich hatte plötzlich keine Lust mehr.

»Dann spring doch, du Sturkopf«, sagte ich und begann die Leiter herunterzuklettern.

Meint ihr, er sei gesprungen? Ja, er ist gesprungen.

Jetzt warte ich auf die Verhandlung und das Urteil. Die Arbeit bei der Feuerwehr habe ich natürlich verloren, da gibt es keinen Zweifel. Und mit Recht, weil ich meinen beruflichen Pflichten nicht genügt habe. Ich bin angeklagt wegen... Aber das ist unwichtig. Der Anklage stimme ich auch zu. Nur einem stimme ich nicht zu, stimme ich absolut nicht zu. Die Schlagzeilen lauteten ›Selbstmord‹, aber meiner Ansicht nach war das ein Unfall. Auch im Selbstmörderberuf ereignen sich tödliche Unfälle.

Versicherung

Meine Unruhe wuchs in dem Maße, wie ich mich der Stelle näherte, wo der Wald am schwärzesten ist. Angeblich lauerten hier Räuber.

Ich hatte den gefährlichen Ort bereits hinter mir gelassen, als drei Männer sich mir in den Weg stellten.

»Sie sind Räuber?« fragte ich.

»Wir? Nichts dergleichen. Forstpersonaldienst.«

Ich atmete erleichtert auf.

»Aber da Sie das schon erwähnen, hier laufen tatsächlich verschiedene Typen herum. Wir schlagen Ihnen vor, daß Sie uns Ihr Bargeld zur Aufbewahrung geben. Warum ein Risiko eingehen?«

Ich gab ihnen alles, was ich hatte, dann setzte ich sorglos meinen Weg fort. Ansonsten hat mich niemand mehr belästigt, von Räubern keine Spur.

Aber ich bin schließlich auch ein vorsichtiger Mensch.

Die Zigarette

Als Pressekorrespondent befand ich mich in einem Land, das für die Weltöffentlichkeit interessant war. Das heißt, ich durfte bei einer Exekution dabeisein.

Es war nur eine von vielen Exekutionen, und ich behaupte nicht, es sei die allerinteressanteste. Ein Stück Mauer an einem weder dem Verurteilten noch dem Exekutionskommando bekannten Ort, zu irgendeiner Zeit an dem oder jenem Tag, bei egal welchem Wetter. Der Verurteilte war ein junger Mann, und alle Versammelten, das heißt der Verurteilte, die Soldaten und ich, sahen uns gegenseitig das erste Mal, und die Wahrscheinlichkeit, daß wir uns wiederträfen, war minimal.

Der an die Wand gestellte Verurteilte forderte eine Zigarette. Die Soldaten erlaubten es, und wir setzten uns alle auf einen Schutthaufen, nicht weit von der Mauer entfernt.

»Sie sind Kriegskorrespondent?« fragte er.

»So hat es sich ergeben«, antwortete ich.

»Dann sage ich Ihnen was.«

Seine Hände zitterten, und sein Gesicht war grünlich.

»Die denken, es sei meine letzte Zigarette, aber das ist meine erste.« Obwohl sein Gesicht jetzt noch grüner war, klang seine Stimme triumphierend.

»Das heißt, Sie waren kein... Sie sind kein Raucher?«

»Ich hab' mein Lebtag nie geraucht. Ich fange erst an.«

Und er übergab sich.

Später gingen wir durch die Umzäunung Richtung Chaussee.

»Schade um die Zigarette für ihn«, sagte der Sergeant.

»Warum? Bei der ersten Zigarette wird jedem schlecht«, protestierte ich.

»Bei was für einer ersten. Haben Sie seine Finger gesehen? Gelb vor Nikotin. Er hat gespürt, daß er vor Angst kotzen muß, und deshalb hat er Ihnen die kleine Geschichte erzählt.«

»Aber warum?«

»Damit Sie nicht schlecht von ihm denken.«

Und nach einem Augenblick fügte er hinzu: »Wenn jemand so große Angst hat, dann sollte er auch nicht sterben.«

Die Beerdigung

Während eines Spaziergangs schloß ich mich einem Trauerzug an. Das ist immer lustiger, als ganz allein ziellos herumzuirren. Ich wußte nicht, wen sie begruben, aber was macht das? Wir Menschen sind alle eine große Familie.

Außerdem konnte man ja fragen. Mein linker Nachbar im Trauerzug wußte es auch nicht.

»Ich gehe zur chemischen Reinigung, um Hosen abzuholen. Ich sah das Begräbnis, und da es auf dem Weg ist, habe ich mich angeschlossen. Ich gehe nur bis zur Ecke, dann biege ich ab.«

Ich fragte also den Nachbarn auf der rechten Seite.

»Wessen Begräbnis ist das?«

»Woher soll ich das wissen, sterben vielleicht wenig Leute? Die Bank macht erst um neun auf, da habe ich noch ein bißchen Zeit.«

Der dritte, der zwei Schritte vor mir ging, konnte mir auch keine Information geben.

»Ich bin nicht von hier, ich bin Tourist. Aber fragen Sie mal die Dame in dem schwarzen Tuch, die hinter dem Sarg geht. Sie sieht aus wie die Witwe und müßte es eigentlich wissen.«

In dem Moment begann es zu regnen, und ich verließ den Trauerzug. Wieso soll ich für jemanden naß werden, den ich sowieso nicht persönlich kenne.

Nachwort von Jan Sidney

Wenn der Name Mrożek fällt, dann immer wieder in einem Zug mit Ionesco, Beckett oder Dürrenmatt. Der polnische Autor gehört zu den bedeutendsten Dramatikern der zweiten Hälfte des 20. Jahrhunderts, mit seinen Stücken hat er Welterfolge gefeiert. Zuletzt wurden sie nicht nur in Deutschland und der Schweiz gespielt, sondern auch in Estland und Griechenland, in der Slowakei, in Kroatien, Argentinien, Ungarn, Rumänien, Spanien und Frankreich. »Zwischen 1960 und 1990 steht der Name Mrożek geradezu als Synonym für die zeitgenössische Dramatik seines Landes: Zwei von drei polnischen Stücken, die damals auf europäische Bühnen kamen, stammen aus seiner Feder«, so Andreas Rossmann in der *Frankfurter Allgemeinen Zeitung*. Und Erich Demmer fragte sich 1997 im Feuilleton der Wiener *Presse*: »Übrigens: Ist heuer in Stockholm nicht eigentlich wieder ein Europäer an der Reihe?«

Doch Mrożek ist noch mehr als der nobelpreisverdächtige Autor von *Tango*, *Emigranten* oder *Striptease*. Seit den neunziger Jahren ist er auch mit seinen Kurzgeschichten bekanntgeworden. In einem gewissen Sinn schließt sich so ein Kreis in seiner schriftstellerischen Laufbahn. Denn Mrożek debutierte mit kurzen satirischen Erzählungen und mit Cartoons, die wie das zeichnerische Pendant zu seinen Geschichten wirken.

Aber fangen wir ganz am Anfang an: »Ich wurde am 29. Juni 1930 geboren«, so Mrożek, »meine Geburt ist eine jener Tatsachen, an die ich einfach glauben muß, denn persönlich kann ich mich nicht im geringsten daran erinnern. Sollte es ein Leben nach dem Tode oder etwas ähnliches geben, werde ich mich vermutlich auch nicht an das Sterben erinnern können. Über die beiden grundlegenden Tatsachen unseres Seins – beziehungsweise Nichtseins – können wir also im Grunde keine Gewißheit haben.« Ungewiß blieb lange selbst das Geburtsdatum: ein schlampiger Angestellter im Kirchenbüro trug ein falsches Datum in die Geburtsurkunde ein. »Und von dort wurde es immer wieder abgeschrieben. Überall prangte das falsche Datum, in allen meinen Pässen, Heiratsurkunden, Steuerbescheiden, Biographien und dergleichen, in vielen Sprachen, in vielen Ländern.«

Über den Ort der Geburt gibt es dagegen keinen Zweifel: Borzecin bei Krakau, wo Mrożeks Vater, selbst eines von sieben Kindern eines armen Bauern, es zu einer bescheidenen Beamtenstellung bei der Post gebracht hatte. Als Sławomir Mrożek neun war, griff die Geschichte erstmals in sein Leben ein, der zweite Weltkrieg brach aus. »Werde ich jemals frei sein von den maßlosen Ansprüchen der Geschichte? Werde ich je abstreifen können, was ich bislang gewesen bin, eine Art Sklave von ihr?« Diese Frage wurde zu einer Grundkonstante seiner Biographie. Nach dem Krieg folgte der Kommunismus, »eine Invasion, keine Revolution ... Ich wollte aber an die Lüge glauben, weil sie für mich gerade zur rechten Zeit kam. Mit zwanzig begrüßte ich jeden ideologischen Unsinn, mochte er noch so stupide oder verrückt sein, Hauptsache, er war revolutionär. Es lag einfach daran, daß für mich die Stunde meiner persönlichen Revolution gekommen war«. Der Kommunismus machte Mrożek nach drei Semestern Architektur, Kunstgeschichte und Orientalistik zum Journalisten. »Aber die Aussage ›Ich war Journalist‹ im Blick auf die Stalin-Ära ergibt überhaupt keinen Sinn. Denn niemand war Journalist. Alle waren Mitarbeiter der Propaganda«, so Mrożek, der sich bald von diesen jugendlichen Verirrungen losriß. »Was mich vor dem Schlimmsten bewahrte, war meine Eigenart: Ich bin ein Mann des Wortes, nicht der Tat.«

Und die Wörter wurden zu Mrożeks Fluchtmittel,

das Schreiben aus eigenem Antrieb zum persönlichen Befreiungsschlag. 1957 erschien *Der Elefant*, sein erstes Buch mit satirischen Erzählungen, ein Jahr später das Stück *Die Polizei*. Die Regimekritik darin war so brillant verdeckt, daß sie offener nicht hätte sein können. Die Bücher fielen in eine politische Tauwetterperiode und der Zensur nicht zum Opfer. Dem Erfolg zu Hause folgte der Welterfolg, und damit Privilegien. Das größte: Mrożek bekam einen Paß und durfte ausreisen. Ab 1963 lebte er mit seiner Frau fünf Jahre lang in Italien, in Chiavari an der Riviera. Als Vorzeige-Intellektueller sollte er der lebende Beweis dafür sein, daß es in Polen ein freies Geistesleben gab. Doch den Mund halten konnte Mrożek nicht. 1968, als der Prager Frühling in einen bitteren Winter umschlug, protestierte er öffentlich. Es verschwanden das Lächeln aus dem Gesicht der polnischen Regierungsvertreter, seine Bücher aus den Bibliotheken und Buchhandlungen und seine Stücke von den Spielplänen. Nicht ohne Belustigung stellte Mrożek fest: »Meine Bücher, die der Razzia entgangen waren, wurden zu gefragten Wertgegenständen, für die man auf dem Schwarzmarkt hohe Preise bezahlte.« Mrożek beantragte politisches Asyl und wurde französischer Staatsbürger. Paris blieb 21 Jahre lang seine Adresse, aber seßhaft wurde er nie richtig. Seine große Wohnung fiel durch die spärliche Möblierung auf: ein Bett, ein Tisch, eine Lampe, die Stereoanlage, dazu überquellende Bücherregale. »Man sollte zur Weiterreise gerüstet sein, immer.« Es folgten ausgedehnte Reisen nach Nord- und Lateinamerika, quer durch Europa, eine Gastdozentur an der Penn State University und ein Jahresaufenthalt in West-Berlin. Mit dem Tod seiner Frau 1969 erlebte er persönlich tiefe Umwälzungen, in einer Zeit des allgemeinen Aufbruchs. »Die Wellen gingen hoch«, so Mrożek über die 68er Bewegung, »man konnte hervorragend darauf reiten. All das, wogegen die weltweite Kulturrevolution sich wandte, die sogenannte westliche bürgerliche Gesellschaft, ist mir fremd. Ebenso lag für mich auf der Hand, daß vieles von dem, was in der Welt geschah – und noch immer geschieht –, idiotisch war und von Tag zu Tag idiotischer wird. Mit ihren Gefühlen und ihrer Empörung konnte ich sympathisieren, nicht aber mit ihren Programmen.«

Mrożek wollte sich weder politisch noch vom Zeitgeist vereinnahmen lassen, er blieb ein Einzelgänger, der sich immer mehr der »Zugluft der historischen Ereignisse« entzog. 1989 ließ er sich mit seiner zweiten Frau, einer Mexikanerin, auf einer einsamen Ranch in Mexiko nieder. Als Mrożek »so weit nach Westen gegangen war, wie ich konnte«, wurde die erste nichtkommunistische Regierung in Osteuropa in Warschau vereidigt. Polen – oder die Geschichte – ließ Mrożek doch nicht los. Ein Jahr später feierte Krakau den berühmtesten Schriftsteller der Stadt mit einem mehrtägigen Mrożek-Festival. Als Abschluß wurde eine Dackelparade veranstaltet (Dackel waren ein bevorzugtes Motiv in Mrożeks frühen Cartoons), auf eben der Strecke, wo früher die kommunistische 1.-Mai-Parade stattfand. Als Schriftsteller war Mrożek heimgekehrt, als Privatperson folgte der selbsternannte »Experte der Emigration« erst 1996 – nach 33 Jahren. Noch heute lebt er in Krakau, beim berühmten Marktplatz und dem Monument des Nationaldichters Adam Mickiewicz.

Mrożek – ein polnischer Nationaldichter? Er ist natürlich mehr als das, auch weil er weit über Polen hinaus berühmt wurde. Und weil seine Stücke und Geschichten die politischen Umwälzungen überdauert haben. 1995 sagte er in einem Interview: »Ich glaube nicht, daß mir die Themen ausgehen, denn ich stimme mit nichts überein.« Mrożek war nie nur gegen das kommunistische Regime. Beim Lesen seiner Geschichten denkt man unwillkürlich an Dürrenmatts berühmten Vergleich der Schweiz mit einem Gefängnis, das keine Mauern braucht, »weil seine Gefangenen Wärter sind und sich selbst bewachen«. Mrożek beschreibt den alltäglichen Stalinismus, die Despotie unserer Lebensgewohnheiten, Denkarten, Zwänge. Seine grotesken Einfälle entblößen die perfideste aller Diktaturen: die selbstauferlegte. Mrożeks Geschichten treffen dort, wo es am meisten weh tut: beim dicken Fell, das man sich gegen sich selbst übergezogen hat, und das vielleicht näher am Zwerchfell liegt, als man denkt. »Ein Groucho Marx der Weltvernunft« hat der Kritiker Ronald Pohl ihn einmal genannt. »Ich habe nie versucht, lustig zu sein«, konterte Mrożek, und wer ihn persönlich kennt, kann das nur bestätigen. Man sieht ihn selten lachen, aber sein Humor ist um so tiefsinniger. »Er ist Humorist – also meint er es besonders ernst. Er ist Satiriker – also verspottet er die Welt, um sie zu verbessern. Er ist ein Mann des Absurden – also zeigt er das Widersinnige, um die Vernunft zu provozieren«, so Marcel Reich-Ranicki.

Als Mrożek 1990 lebensgefährlich erkrankte, standen die Überlebenschancen eins zu zehn oder, wie er sich ausdrückte: »Es war ein Todesurteil, aber die Hinrichtung mißlang.« Mrożek ist heute 74 Jahre alt, und sein Werk ist lebendiger denn je. »Seine Literatur macht süchtig« (*El País*, Madrid), »er ist ein Meistererzähler, ein Harpunist, der trifft« (*Chicago Tribune*). Wenn diese Auswahl den Nerv des Lesers getroffen hat, darf er sich freuen: es gibt noch sechs Bände mit Geschichten von Mrożek zu entdecken.

Nachweis

Alle Erzählungen sind den sechs Bänden Prosa der Sławomir-Mrożek-Werkausgabe entnommen, die in 13 Bänden im Diogenes Verlag erschienen ist. *Der Fan* (aus dem Polnischen von Witold Kośny) aus dem Band *Lolo* (2000); *Mitleid* (Ü: Christa Vogel), *Der Dienstmann* (Ü: Ludwig Zimmerer), *Leserbrief* (Ü: Christa Vogel) aus dem Band *Der Doppelgänger* (2000); *Die Eingabe* (Ü: Ludwig Zimmerer) aus dem Band *Die Giraffe* (1992); *Die Revolution, Auf dem Turm, Der Wächter der chinesischen Vase* und *Routine* aus dem Band *Mein unbekannter Freund* (1999, Ü: Klaus Staemmler); *Das Söhnchen, Der Entschluß, Body-Building, Kamikaze, Der Nobelpreis, Das Interview, Der Brief nach Schweden, Nur die Politik, Umfrage, Gesundheitswesen, Versicherung* und *Die Beerdigung* aus dem Band *Der Perverse* (1995, Ü: Christa Vogel); alle anderen aus dem Band *Die Geheimnisse des Jenseits* (1993, Ü: Christa Vogel).

Sławomir Mrożek im Diogenes Verlag

Das dramatische Werk

Das Dramatische Werk
in sieben Bänden in Kassette

Striptease und andere Stücke
Aus dem Polnischen von Ludwig Zimmerer. Inhalt: *Polizei, Das Martyrium des Piotr O'Hey, Auf hoher See, Karol, Striptease, Der Truthahn*

Tango und andere Stücke
Deutsch von Christa Vogel und Ludwig Zimmerer. Inhalt: *Eine wundersame Nacht, Zabawa, Der Kynologe am Scheideweg, Der Tod des Leutnants, Tango, Der Hirsch, Racket-baby*

Watzlaff und andere Stücke
Deutsch von Ludwig Zimmerer und Rolf Fieguth. Inhalt: *Nochmal von vorn, Die Propheten, Watzlaff*

Emigranten und andere Stücke
Deutsch von Christa Vogel. Inhalt: *Emigranten, Schlachthof, Buckel, Das Haus auf der Grenze*

Amor und andere Stücke
Deutsch von Witold Kośny und Christa Vogel. Inhalt: *Insel der Rosen, Fuchsquartett, Der Schneider, Amor, Zu Fuß, Die Rückkehr*

Der Botschafter und andere Stücke
Deutsch von Christa Vogel und M. C. A. Molnar. Inhalt: *Der Botschafter, Ein Sommertag, Alpha, Der Vertrag, Das Portrait, Die Witwen*

Liebe auf der Krim
Eine tragische Komödie in drei Akten. Deutsch von Christa Vogel

Lauter Sünder / Schöne Aussicht
Stücke. Deutsch von Christa Vogel

Das Prosawerk

Die Giraffe und andere Geschichten
Erzählungen 1953–1959. Deutsch von Christa Vogel und Ludwig Zimmerer

Die Geheimnisse des Jenseits und andere Geschichten
Kurze Erzählungen 1986–1990. Deutsch von Christa Vogel

Der Perverse und andere Geschichten
Kurze Erzählungen 1991–1995. Deutsch von Christa Vogel

Mein unbekannter Freund und andere Geschichten
Kurze Erzählungen 1981–1985. Deutsch von Klaus Staemmler

Der Doppelgänger und andere Geschichten
Erzählungen 1960–1970. Deutsch von Christa Vogel und Ludwig Zimmerer

Lolo und andere Geschichten
Erzählungen 1971–1980. Deutsch von Christa Vogel, Ludwig Zimmerer und Witold Kośny